自由的画面

黑奴女孩克洛蒂的日记 |1859年—1860年|

〔美〕帕特丽夏·C.麦基萨克 著　周洪 译

人民文学出版社

PEOPLE'S LITERATURE PUBLISHING HOUSE

著作权合同登记号　图字 01－2020－5628

A Picture of Freedom：The Diary of Clotee，a Slave Girl，
Belmont Plantation，Virginia，1859

Copyright © 1997 by Patricia C. Mckissack
All rights reserved.
Published by arrangement with Scholastic Inc.，
557 Broadway，New York，NY 10012，USA

图书在版编目(CIP)数据

自由的画面：黑奴女孩克洛蒂的日记/(美)帕特
丽夏·C.麦基萨克著；周洪译. —北京：人民文学出
版社，2016(2023.12 重印)
(日记背后的历史)
ISBN 978-7-02-012050-5

Ⅰ.①自… Ⅱ.①帕… ②周… Ⅲ.①儿童小说-中
篇小说-美国-现代 Ⅳ.①I712.84

中国版本图书馆 CIP 数据核字(2016)第 234869 号

责任编辑　卜艳冰　王雪纯
装帧设计　李　佳

出版发行　人民文学出版社
社　　址　北京市朝内大街 166 号
邮政编码　100705

印　　制　山东新华印务有限公司
经　　销　全国新华书店等

字　　数　121 千字
开　　本　890 毫米×1240 毫米　1/32
印　　张　8.5　插页　2
版　　次　2017 年 4 月北京第 1 版
印　　次　2023 年 12 月第 3 次印刷

书　　号　978-7-02-012050-5
定　　价　48.00 元

如有印装质量问题，请与本社图书销售中心调换。电话:010-65233595

序

老少咸宜，多多益善

——读《日记背后的历史》丛书有感

钱理群

这是一套"童书"；但在我的感觉里，这又不止是童书，因为我这七十多岁的老爷爷就读得津津有味，不亦乐乎。这两天我在读"丛书"中的两本《王室的逃亡》和《法老的探险家》时，就有一种既熟悉又陌生的奇异感觉。作品所写的法国大革命，是我在中学、大学读书时就知道的，埃及的法老也是早有耳闻；但这一次阅读却由抽象空洞的"知识"变成了似乎是亲历的具体"感受"：我仿佛和法国的外省女孩露易丝一起挤在巴黎小酒店里，听那些平日谁也不注意的老爹、小伙、姑娘慷慨激昂地议论国事，"眼里闪着奇怪的光芒"，举杯高喊："现在的国王不能再随心所欲地把人关进大牢里去了，这个时代结束了！"齐声狂歌："啊，一切都会好的，会好的，会好的……"我的心都要跳出来了！我又突然置身于3500年前的神奇的"彭特之地"，和出身平民的法老的伴侣、十岁男孩米内迈斯一块儿，突然遭遇珍禽怪兽，紧张得屏住了呼吸……这样的似真似假的生命体验实在太棒了！本来，自由穿越时间隧道，和远古、异域的人神交，这是人的天然本性，是不受年龄限制的；这套童书充分满足了人性的这一精神欲求，就做到了老少咸宜。在我看来，这就是其魅力所在。

而且它还提供了一种阅读方式：建议家长——爷爷、奶奶、爸爸、妈妈们，自己先读书，读出意思、味道，再和孩子一起阅读，交流。这样的两代人、三代人的"共读"，不仅是引导孩子读书的最佳途径，而且还营造了全家人围绕书进行心灵对话的最好环境和氛围。这样的共读，长期坚持下来，成为习惯，变成家庭生活方式，就自然形成了"精神家园"。这对孩子的健全成长，以至家长自身的精神健康，家庭的和睦，都是至关重要的。——这或许是出版这一套及其他类似的童书的更深层次的意义所在。

我也就由此想到了与童书的写作、翻译和出版相关的一些问题。

所谓"童书"，顾名思义，就是给儿童阅读的书。这里，就有两个问题：一是如何认识"儿童"，二是我们需要怎样的"童书"。

首先要自问：我们真的懂得儿童了吗？这是近一百年前"五四"那一代人鲁迅、周作人他们就提出过的问题。他们批评成年人不是把孩子看成是"缩小的成人"(鲁迅：《我们现在怎样做父亲》)，就是视之为"小猫、小狗"，不承认"儿童在生理上心理上，虽然和大人有点不同，但他仍是完全的个人，有他自己的内外两面的生活。儿童期的十几年的生活，一面固然是成人生活的预备，但一面也自有独立的意义和价值"(周作人：《儿童的文学》)。

正因为不认识、不承认儿童作为"完全的个人"的生理、心理上的"独立性"，我们在儿童教育，包括童书的编写上，就经常犯两个错误：一是把成年人的思想、阅读习惯强加于儿童，完全不顾他们的精神需求与接受能力，进行成年人的说教；二是无视儿童精神需求的丰富性与向上性，低估儿童的智力水平，一味"装小"，卖弄"幼稚"。这样的或拔高，或矮化，都会倒了孩子阅读的胃口，这就是许多孩子不爱上学，不喜欢读所谓"童书"的重要原因：在孩子们看来，这都是"大人们的童书"，与他们无关，是自己不需要、无兴趣的。

那么，我们是不是又可以"一切以儿童的兴趣"为转移呢？这里，也有两个问题。一是把儿童的兴趣看得过分狭窄，在一些老师和童书的作者、出版者眼里，儿童就是喜欢童话，魔幻小说，把童书限制在几种文类、有数题材上，结果是作茧自缚。其二，我们不能把对儿童独立性的尊重简单地变成"儿童中心主义"，而忽视了成年人的"引导"作用，放弃"教育"的责任——当然，这样的教育和引导，又必须从儿童自身的特点出发，尊重与发挥儿童的自主性。就以这一套讲述历史文化的丛书《日记背后的历史》而言，尽管如前所说，它从根本上是符合人性本身的精神需求的，但这样的需求，在儿童那里，却未必是自发的兴趣，而必须有引导。历史教育应该是孩子们的素质教育不可缺失的部分，我们需要这样的让孩子走近历史、开阔视野的人文历史知识方面的读物。而这套书编写的最大特点，是通过一个个少年的日记让小读者亲历一个历史事件发生的前后，引导小读者进入历史名人的生活——如《王室的逃亡》里的法国大革命和路易十六国王、王后；《法老的探险家》里的彭特之地的探险和国王图特摩斯，连小主人翁米内迈斯也是实有的历史人物。每本书讲述的都是"日记背后的历史"，日记和故事是虚构的，但故事发生的历史背景和史实细节却是真实的，这样的文学与历史的结合，故事真实感与历史真实性的结合，是极有创造性的。它巧妙地将引导孩子进入历史的教育目的与孩子的兴趣、可接受性结合起来，儿童读者自会通过这样的讲述世界历史的文学故事，从小就获得一种历史感和世界视野，这就为孩子一生的成长奠定了一个坚实、阔大的基础，在全球化的时代，这是一个人的不可或缺的精神素质，其意义与影响是深远的。我们如果因为这样的教育似乎与应试无关，而加以忽略，那将是短见的。

这又涉及一个问题：我们需要怎样的童书？前不久读到儿童文学评论家刘绪源先生的一篇文章，他提出要将"商业童书"与"儿童文学中的顶尖艺术品"作一个区分（《中国童书真的"大胜"了吗？》，载 2013 年 12 月 13 日《文汇读书周报》），这是有道理的。或许还有一种"应试童书"。这里不准备对这三类童书作价值评价，但可以肯定的是，在中国当下社会与教育体制下，它们都有存在的必要，也就是说，如同整个社会文化应该是多元的，童书同样应该是多元的，以满足儿童与社会的多样需求。但我想要强调的是，鉴于许多人都把应试童书和商业童书看作是童书的全部，今天提出艺术品童书的意义，为其呼吁与鼓吹，是必要与及时的。这背后是有一个理念的：一切要着眼于孩子一生的长远、全面、健康的发展。

因此，我要说，《日记背后的历史》这样的历史文化丛书，多多益善！

2013 年 2 月 15—16 日

1859 年
弗吉尼亚州贝尔蒙特种植园

1859年3月

　　春天来了，花儿怒放，天空自然也是湛蓝的。三月永远不会知道，它到底是想成为一个春天的月份，还是想成为一个冬天的月份。今年的弗吉尼亚，热浪来得很早。这对我来说倒还好。不过，但凡天一热，我就要在女主人莉莉夫人教威廉少爷读书的时候，给他们扇风。今天，我迎来了第三个读书季节。这三年里，我一直用这把卡罗来纳白菖蒲编织的大扇子一上一下、一上一下地给他们扇风。扇子一上一下、一上一下地搅动着沉闷的空气，也赶走了讨厌的牛虻和眼疾蝇。看上去这像是一份很无聊的工作。但是，我一点都不介意，因为当威廉少爷在学习的时候，我也在学习。

　　就在站着一上一下、一上一下地扇风的时候，我开始认识字母和发音。这样，我就知道怎么去识字。现在，我已经可以挑一些我能找到的东西来阅读——比如那些扔在垃圾桶里面的报纸和信件，还有我从亨利老爷的书架上顺手拿下来的书。有时候，对于我能识字这件事情，我自己都有点害怕。

黑奴是并不应该能够读书和写字的，但是我却能。如果莉莉夫人知道我给自己做了一本日记本，和她床头柜上的那本差不多，她一定会惊呆的。虽然她的日记本用光滑的缎子包裹，里面还有丝带和珠子装饰，而我的只是一堆我在垃圾桶里找来的纸张，用纱线装订起来的本子，但是我一点都不介意。这依旧是一本日记本，没什么差别。而且我打算，只要有机会，就在上面写东西。

我必须非常小心，绝不能让任何人发现。因为一旦亨利老爷发现我能读书写字，我就一定会被鞭子抽打。我不止一次听到亨利老爷说，他发誓只要他逮到那些偷偷读书的黑奴，就把他们的皮扒下来卖给南部的贩奴人。而且，还有法律给他撑腰。在弗吉尼亚，任何人，只要被抓到在教黑奴读书，就会被扔进监狱。真的！真不知道为什么白人那么坚决不让我们识字读书？不知道他们究竟在害怕什么？

如果亨利老爷知道了我比他的儿子读得更好，

而且其实还都是他自己的妻子教会的话，真的不知道他会怎么想。每次想到这个，我都忍不住暗暗发笑。

天快要彻底黑下来了。上帝啊，求求你，千万不要让人发现，在厨房后面的这个烟囱墙外侧有一块松动的砖头，后面藏着我的日记。希望下次我可以偷偷溜出来继续写之前，它都不要被弄潮湿，也不要被发现。

第二天早上，第一道阳光

今天我起得特别早。一起来我就搅拌早餐用的黄油，然后按照每天早上蒂婶婶吩咐我的在厨房帮忙。这样我就有一点时间可以在厨房后面那棵大树边上的"我的地盘"练习写字。日出的时候是最佳的写字时间，那个时候周围的一切都是静止的。

我真的好想告诉别人这三年里我所学到的所有东西。文字真的太神奇了。每当我读或者写一个字的时候，脑海里面就会浮现一幅画面。

就好比当我写下"家"这个字时，我看到了贝尔蒙特种植园和所有住在这里的人。我看到了亨利老爷、莉莉夫人还有威廉少爷居住生活的大房子。我看到了那座单独建的厨房，厨房上面是阁楼，每天我、蒂婶婶、贺玻叔叔和辛斯并排睡在里面休息。我还看到了我朋友们生活的住宅区，还有他们小木屋后面他们工作的田地和果园。我看见蒂婶婶在火炉边烧饭，辛斯在马槽边照顾亨利老爷的那匹得奖的赛马，还有贺玻叔叔整理得漂漂亮亮的花园和草坪。"家"，这小小一个字，就展现了这么多在我的眼前。

亨利老爷觉得贝尔蒙特的一切都属于他，但是，他并不拥有我的全部。我知道，他可以对我发号施令，他叫我去东，我就不能去西。当他叫我做一件事的时候，我最好乖乖去做，不然他一定会用鞭子抽我的背。但是，我已经学到了，他无法指挥我去思考什么，去感受什么，去了解什么。每天他都看着我，但是他看不到我脑子里面想的是什么。他无法拥有我内心的世界，没有一个人可以拥有。

又过了几天

都下了一整天的雨了。所有的东西都变得又湿又黏。我好担心我的日记本在墙背后会不会受潮。看来不用担心啦，砖头将雨水都挡在外面了。

之后第二天

今天又下雨了。下大雨的时候，田地里面的黑奴就不用劳作了。但是我们在厨房的工作却从来不能停，没有一天可以休息。

蒂婶婶说我算幸运的，被挑来大房子工作。我不怎么同意。对我来说，在亨利老爷和莉莉夫人的眼皮子底下生活并不容易。我们需要随时待命，听候他们差遣，不分早晚。但是在田地里面工作也很辛苦，背会非常酸痛，特别是夏天的时候，炎热会让人感觉窒息。我感觉无论在哪里工作，只要是一个黑奴，你都不会觉得是好的。

之后第二天

我刚刚写了"树"。然后我就看到了树，厨房后面的那棵大橡树。只要我能溜开，我都会在它旁边写字。我又在"树"的旁边加了一个"林"字，现在就变成很多树了。而我眼前浮现的画面，变成了苹果园。春天，这些苹果树开满明亮的白色花朵。我闭上双眼，看见这些苹果树到了夏天又都变成绿色，而到了秋天树上就结满了好吃的苹果。我喜欢和文字玩游戏，将某个字放进来，再把某个字拿掉，那么这个词代表的画面就跟着一起变化了。

星期一

我知道今天是星期一，因为每个星期一莉莉夫人都会来厨房分发面粉、糖和食物。

对那些天天和我生活在一起的人保守秘密实在是难。好多次当我在厨房帮蒂婶婶干活的时候，我都好

8

想好想告诉她我在学习识字的事情。但是我不能说，即使蒂婶婶和我很亲，亲到她就像我的妈妈那样（妈妈在五年前去世了）。我觉得她永远不会伤害我，但是蒂婶婶一直离亨利老爷的生活太近了。远在亨利老爷还没有和莉莉夫人结婚前，她就帮他烧饭了。我实在不能冒这个险。

我也好想告诉贺玻叔叔，我用他的刨刀将一根火鸡毛做成了现在写字的笔。他一定会为他的向日葵女孩骄傲的，向日葵女孩，他就是这样叫我的。但是，他现在老了，健忘了，很有可能一个不小心就跟不该讲的人说漏嘴，那样别人就会去向亨利老爷告发我来博取好处。

我也不会告诉辛斯，我在亨利老爷书房除灰尘的时候偷偷灌了一玻璃瓶墨水出来。我能想象，辛斯一笑，眼睛里面就会流眼泪。比起其他人，我更容易和辛斯说我的秘密，因为他就像我的哥哥，经常取笑我，和我开玩笑。辛斯说我一直都在研究事情，经常一个人。他不懂，我并不想一个人待着的。可我必须小心，因为我真的不想在写字读书的时候被人抓到。

如果妈妈还在就好了，我一定会告诉她。可是妈妈已经死了，永远离开我了。所以，这个世上，真的没有人能够让我足够信任，告诉他我的秘密。

两天以后

现在还没到夏天呢，威廉就一直大呼小叫地说热。我十二岁了，他也十二岁。但是他看上去比我小很多，可能因为他总是抱怨各种事情——特别是在读书的时候。我只是站在边上静静地听，然后扇风，一上一下，一上一下。蒂婶婶说，威廉实在是被宠坏了。亨利老爷觉得他儿子就是人间的一小片天堂。当然，除了亨利老爷，没有人这样认为。甚至这男孩的母亲也不这么认为。

第二天

今天晚上，大房子会举行一场盛大的派对。蒂婶婶让我到木屋找阿吉和艾娃·梅来厨房帮忙。当我写下"朋友"的时候，我总会在后面加一个"们"字，因为，我有两个朋友。一个是艾娃·梅的女儿梅西，今年十五岁。一个是阿吉的女儿乌珂，今年十六岁。她们都已经是大人了，但我们依旧是朋友。我从小就认识她们，都不知道是什么时候开始认识的了。

我总是有点小妒嫉，因为梅西和乌珂住得更近，而且她们都还有自己的妈妈在身边。梅西的爸爸曾经是亨利老爷最好的骑师，但是大概一年前，他从马背上被甩了出去，摔死了。如今，辛斯代替他，负责做所有赛马的骑师。艾娃·梅还在失去丈夫的悲伤中，梅西很想念她的父亲，而我也很想念我的妈妈。

乌珂就比较幸运了，她的爸爸是鲁弗斯。所有认识鲁弗斯和阿吉的人都很喜欢他们。鲁弗斯两年前从汉普顿来到贝尔蒙特。他很强壮，块头很大，但一点也不胖，当然也不高。贺玻叔叔说，鲁弗斯是个虔诚的信徒。老爷一定是看出他与生俱来的领导能力，所以安排他在田地里面做头头。

每次鲁弗斯在田地里的时候，很多女人的眼睛就盯着他看，但是他已经和阿吉结婚了，她是一个善良的大块头女人，还带来了一个女儿。但是，鲁弗斯把乌珂完全当成自己的女儿那么来看。

阿吉马上要生孩子了。到时候，蒂婶婶会去接生。蒂婶婶是整个种植园的接生婆，她接生了辛斯、乌珂、梅西，甚至还有我。她照看着所有待产的妇女。她给我看她所有的秘密药方，但是从来不会带我一起去接生。我好想知道生孩子这件事情，但是蒂婶婶说我还太小，还不该知道。如果她不带我去，她怎么知道我不该知道呢？

第二天

虽然我们彼此都离得很近，但是我和乌珂、梅西平时并不能经常走动，只能在周六晚上或者周日碰头。我必须承认，我更喜欢乌珂。梅西小时候经常推撞我们。现在她是个大姑娘了，就在言语上和我们打架。就在昨天，她跑来跟我说，她觉得我是个"大人物"了，因为我在大房子里面工作。阿吉和乌珂在田地里面工作，一整天都要在烈日下弯着腰劳作。蒂婶婶说，光这样就足够让背变驼了。

星期五

终于不用担心会降霜冻了，而且也满月了。蒂婶婶说，要开始在厨房后面的菜园里面种植了。这样，整个夏天，甚至秋天，整个家都可以吃里面种出来的东西。就在那块地方，有青菜、花生、卷心菜，还有秋葵，但凡我们能种的，都种上了。照看菜园是我的工作，我完全不介意做这些活。照料农作物是很有意思的事情，我看着它们慢慢成长，最后变成食物。

第二个晚上

晚上，一开始有暴风雨。闪电划破天际，整个阁楼的房间都照亮了。我试图不去害怕。上帝呀，我好想妈妈。小时候，每当有暴风雨，妈妈都会和我紧紧地抱在一起，这样我就不会害怕了。

后来，雨终于不下了，但是天气还是很热、很闷，完全睡不着。而且，我又一次在梦里梦见了妈妈，然后就醒了。我悄悄溜出厨房，不发出一点声音，小心翼翼地不吵醒别人，这样我就可以写字了。

我跑去了橡树边，我的老地方。在这里，我可以尽情流泪，就像下雨那样，然后告诉月亮我的悲伤。我写着梦里的情形，这样我就能感觉好一些，悲伤慢慢远离。

梦里，我触摸着妈妈圆圆的棕色的脸。同往常那样，妈妈将围裙边角沾湿，轻轻地把我上嘴唇和额头上的汗水抹去。我看到自己念书给她听。她微笑着拍手。我听到她用温柔的声音赞扬我，就好像亨利老爷在威廉做对某件小事时那样赞扬他。

"妈妈，我现在知道好多东西了。我给你看。"突然，妈妈脸上的温柔表情消失了，眼睛里却浮现出警告的神色，我不能明白。"妈妈，怎么了？"妈妈好像要说什么，却突然被一个强有力的大手拉走，消失在黑暗中。"妈妈，等等！"她还是走了，然后我突然醒来，面对这个冰冷残酷的事实，妈妈已经死了。

第二天

今天，我偷偷跑去找梅西和乌珂。我在一片长
着烟草叶幼苗的地方找到了她们，她们就站在鲁弗斯
旁边。看到她们，我好高兴。我们以前在一起都玩得
很好，经常一起做游戏。后来，老爷把梅西和乌珂分
配去田地里干活，而我却被带去了大房子工作。乌珂
的脸看上去又累又憔悴。梅西则一刻不停地讨论着她
觉得辛斯有多么可爱。可爱？辛斯？梅西对辛斯有意
思？好像她之前也的确提到过辛斯不错。她还告诉我，
鲁弗斯已经向亨利老爷请求，能否让他在复活节的时
候做礼拜。我很惊讶，在我看来，老爷从来不会做有
利于别人的事情，除非这件事情本身对他有好处。

复活节的星期天

早餐后，我们都去木屋聚集，参加复活节的礼拜
集会。平时我们都工作得很累，所以一到礼拜日就比

较懒散，都想去休息，然后等着礼拜一早上太阳的升起。但是今天，鲁弗斯努力提起大家的精神。

亨利先生亲临礼拜现场，想看看我们都在做什么，他跑来告诉我们他希望我们不要吵嚷着要自由。他告诉我们要多多祈祷好天气，祈祷丰收，唱快乐的曲子，不要唱悲伤的歌。我想知道他真的相信我们会为他的财富祷告而不为我们自己的吗？他说，如果我们可以像他说的那样做，他就会让我们多参加一些礼拜集会。

不知怎么，亨利老爷坐了下来，鲁弗斯代替他走上前去。乌珂告诉我，鲁弗斯被卖给亨利老爷之前是黑奴里面布道的人。贺玻叔叔说，鲁弗斯通读了整本《圣经》，里面的所有故事他都了然于心。总有一天，我也要自己去读《圣经》。亨利老爷的书桌上就有一本《圣经》，我看到过很多次，但是每次我都不敢去碰它。我觉得如果我去碰了，亨利老爷一定会察觉的。

鲁弗斯开始了礼拜，他先让贺玻叔叔做一段祷告。然后他让阿吉唱歌。接着，他给我们讲了一个叫丹尼尔的勇士仅凭着对上帝的信念击退了狮群的故事。

如果被狮子咬住，鲁弗斯说我们要像丹尼尔那样坚信，上帝会将我们从所有伤害中解脱出来。所有人都喊着阿门，包括我。但是，我不确定，面对一头狮子时，我真的能像鲁斯夫说的那样吗？太可怕了……面对一头狮子。

星期一晚上

今天晚上的最后一道餐也结束了，所有盘子都洗完了。我真的累坏了。"你不知道什么才叫辛苦，"蒂婶婶对我说，"你该庆幸没被分配去田里干活。"我真的不能想象自己可以比现在还累。我好想知道乌珂和阿吉在晚上睡觉时会不会像我这样感觉到累极了。

一天或者两天后

现在的光线足够让我练习写字了。

自由，是我最先教自己写的词之一。就在木屋那边，人们也祈求自由，他们歌唱自由，但是为了防止亨利老爷知道他们的真实想法，他们把自由叫作"天堂"。但每个人的心里面都装着对自由的渴望。

但就是这个词，我每次看到它都想象不到任何的画面。今天下午给威廉扇扇子的时候，我的视线落在了他正在读的一本书上，上面有"自由"两个字。果不其然，我什么画面都联想不到，只是一直拼写着这个词。

我将每一个字母都牢牢记在心里，以确保自己能记住它们的位置。

F-R-E-E-D-O-M，自由。现在，我只是在拼写，但是我看不到任何画面。这个词只是待在纸上，无论我拼写得对还是错，我就是看不到任何画面，没有魔力。自由对我来说，只是一个单词。

星期五

每当我给亨利老爷的书房清扫灰尘的时候，我

都会看一下他的日历，以知道日期。今天是星期五，
1859 年 4 月 1 日。

四月的第一个星期天

在这里，他们在星期天不用去田里工作，可以
休息。但是我们这些在厨房和大房子干活的人，在星
期天的早上和晚上最后一道餐结束之前，都没有哪
怕一小时时间的空。我们在今天，未必能休息多少
时间。

一个新来的叫史贝西的女孩今天来到了厨房。她
大概十五岁。莉莉夫人把她从安布罗丝种植园买回来
的。她来帮我和蒂婶婶在厨房烧饭、打扫。我很高
兴她可以过来。我们真的太需要帮手了。但是蒂婶
婶却不是很乐意，蒂婶婶觉得，史贝西是莉莉夫人的
眼线。

"克洛蒂，小心别让史贝西抓到什么告发到大
房子。"

这个警告不无道理。亨利老爷和莉莉夫人一直

都鼓励我们向他们告密，并奖励我们额外的衣服或糖果。莉莉夫人有一次还答应给我一条四角都绣着黄色紫色紫罗兰花的手帕，只要我肯告诉她厨房发生的一切。我什么都没有说。但是我想，要是她给我满满一盒子这样的手帕，兴许我还会透露一些什么。在厨房工作的人，没有一个是泄密者。我只希望，史贝西也不是。

这天晚些时候

史贝西看上去不错，的确很不错。我们让她安顿下来并让她在明天星期一的凌晨，在蒂婶婶的厨房开始工作。

"每天，公鸡一叫，我们就起来工作了。"蒂婶婶说。

当蒂婶婶把我们每天要做的事情一字一句说出来的时候，我一边听一边就觉得很困。我们每天准备三顿餐饭，然后端去大房子并在那里服侍。莉莉夫人喜欢每天都能准时开饭。早餐一般八点送去餐桌。十二点吃午饭。而晚饭是在六点半。之后我们就要收拾，并为第二天做准备。每一餐的间隙，我们要打扫房子，除尘。莉莉夫人要求每个房间都干净整洁，可她自己却一点也不去保持——东西扔得到处都是，衣橱也是乱糟糟的。我们星期一洗衣服，星期二熨烫。艾娃·梅和阿吉会从木屋那边过来帮忙。

"威廉并不在餐桌上和他父母一起用餐，"蒂婶婶说，"他在边上的小桌子上吃饭，比他父母早开饭一个小时。你要服侍他用餐，明白吗，姑娘？"

史贝西点了点头。我从来没有在谁的眼睛里面看到那么深的悲伤。不知道史贝西到底发生了什么事情。是什么让她看上去那么悲伤？

星期一

又到星期一。莉莉夫人风风火火地跑到厨房来，这天早上第一件事情就是计量面粉、糖和其他东西，弄得好像她什么都很懂似的。"那个女人，连糖和盐都分不清楚，"蒂婶婶低声笑道，"让她一个人烧饭试试看。"但是，夫人喜欢假装自己是掌管着厨房的，虽然我们其实比她更知道怎么做。随便找一个人问问，他们都会告诉你，蒂婶婶才是贝尔蒙特厨房的主人。

莉莉夫人对照着收据单来检查罐头食物和蔬菜干的存货，以确定我们并没有偷吃或者把这些东西私下送给木屋那边的人。木屋那边的人从来都吃不饱，也没有足够的时间吃东西。

十六年前，亨利老爷和莉莉夫人结婚的时候，蒂婶婶就在贝尔蒙特烧饭了。当时她是唯一一个属于亨利老爷的黑奴。这里其他所有人都属于莉莉夫人的家族。当时，莉莉夫人的家族比较富裕。亨利老爷来自田纳西州，那个时候他一贫如洗，可是后来他勾搭上了当时还是寡妇的莉莉夫人并和她结了婚。蒂婶婶说，亨利老爷只是为了钱才和莉莉夫人结婚的。他只是希望，他拥有整个贝尔蒙特之后，能变成一个绅士。但是其实不管他多么有钱，他都不是一个绅士。

在厨房里，蒂婶婶有自己的工作方式，这一点让莉莉夫人很看不惯。"我只是来烧饭的，不是来吃饭的。"蒂婶婶边说边笑。她知道如何私藏一些食物，所以大多数情况下我们总能吃饱。有时候，她也会偷拿一些食物给木屋里那些生病的小孩或者正在哺乳的母亲。我们只希望，史贝西值得信赖，不会去告密。

又一个星期一

史贝西已经来这里一个星期了。她块头和男人一样大，也像男人那样结实。但是老天呀，她真是太笨手笨脚了，在厨房里面，她一直绊倒，撞倒，或者碰翻东西。

"她该去做一些体力活。"蒂婶婶说，她的口气里面少了一些怀疑。史贝西在帮忙拧干又旧又大的桌布时，就像拧毛巾那样轻松，她从来没有抱怨过，哪怕她的手因为拧桌布而变得又红又疼。在这个时候，蒂婶婶对她是很满意的。史贝西可以直接提起热锅，甚至可以砍柴。她的手很粗糙，但即使如此，她还算是相当漂亮的。可是真的很难好好看清她的长相，因为她总是低着头。

史贝西年纪比我大，个子也比我高。不知道为什么，我却总觉得她才是需要被照顾的那个。我想，也许是因为史贝西一直都很忧伤的眼神才让我有这样的感觉。

晚些时候

我和史贝西在桌子边上服侍大家晚餐时，亨利老爷看到了史贝西说："这个女孩是田里的吧。"

"她在家里能帮上忙。"莉莉夫人说。她说她买史贝西其实没有花多少钱。

史贝西可能此时还不知道，她已经置身于一场贝尔蒙特男女主人的混战中了。亨利老爷和莉莉夫人一直就像一根杆子的两头，一个要往上，另外一个势必唱反调要往下。莉莉夫人买了史贝西，亨利老爷就一定会找她的茬。

就和平常一样，他们两个经常为一两件小事而争得不可开交。莉莉夫人会说蒂婶婶太自负很难管；老爷则不喜欢贺玻叔叔，说他一点用都没有。"他只知道在外面挖坑种花，从来不帮着把我的粮仓填满。"
亨利老爷压根就看不到，贺玻叔叔用他细心照料的花
朵把贝尔蒙特打造得多么漂亮。他的眼睛压根就看不
到美丽，因为他的心里面都是刻薄。

如果刻薄能变成一棵树，那么在贝尔蒙特，它绝
对能长成参天大树。

星期二

威廉少爷上课的时候，夫人对着他的耳朵拍了一
巴掌。她又转向我，骂着我，好像天气这么热都是我
的错一样："还有你，克洛蒂！走近一点扇，扇得再
快点！"不过这却恰恰是我最想跟她说的话。走近一
点。就站在威廉的正后方，我的眼睛可以直接跨过他
的肩膀，看到他书上的那些单词。

有时候，当我扇风的时候，我让自己的手臂垂下
来，假装自己快要睡着了。然后当莉莉夫人冲我骂的
时候，我就重重点一下头跳起来，好像被惊醒那样。
这样做让莉莉夫人觉得我对书房里面的这些授课完全

不感兴趣。

当然咯，我必须小心。我既不能被抓到在偷学，也不能弄丢了我的工作。

第二天

午饭的时候，二十个骑士突然造访。他们来贝尔蒙特寻找一个人，称那个人为北方的废奴佬[①]，这个词我以前从来没有听到过。但是亨利老爷脸上紧绷的表情告诉我，不管这个人是谁，他死定了。

亨利老爷命令辛斯去摇响种植园的铃，把大家都召集到大房子这里。老爷数了一下人头，保证我们二十七个人都在。他拿出一幅画像，画像上是一个白人，有一头杂乱的黑色头发，左眼有一个眼罩。

"你们一旦看到这个人，就直接来向我汇报。你们只要帮我抓到他，我就会给奖赏的。"他又看了看照片，轻拍了一下，就把它揉成一团扔掉了。然后我又一次听到他称这个人废奴佬——我猜，应该是废奴

---

① 废奴主义者在英语中为"abolitionist"，此处作者用了缩写"abo"。

注意者^①的意思吧。

趁着没人注意，我偷偷捡起了这个揉成一团的纸，把它藏在裙子底下。我很想知道，"废奴注意者"到底是什么意思。

星期四

今天，史贝西和我一起帮蒂婶婶做姜味蛋糕。史贝西把她碗里的姜汁都打翻出来了。她生来就是这么笨拙。就在大房子的最后一道餐结束后，辛斯和贺玻叔叔走进厨房吃晚饭。

蒂婶婶刚做好了两层蛋糕，她在中间放满了草莓——专门为亨利老爷预留的草莓，或者说，至少亨利老爷认为这个草莓是为他特地放的。蒂婶婶留了面糊，刚好够为我做一个和我的手那般大的小蛋糕。她说："一只小鸟刚刚经过，告诉我这附近住着一个小女孩，今天刚好十二岁。"

---

① 原文为"abolishines"，作者拼写错误，应为"abolitionist（废奴主义者）"。

　　没有人知道我到底是哪一天出生的。但是蒂婶婶说："你出生的时候，这里的山茱萸正好开花。"

　　"你妈妈爱你的每一次呼吸。我们也是。"贺玻叔叔说。他递给我一只他用木头雕刻出来的娃娃，和两只大拇指一样大。

　　我已经给这只木娃娃取名叫"小不点"，因为她那么小。妈妈认识蒂婶婶和贺玻叔叔。事实上，她被送走的时候，就把我留给他们照顾，那个时候我刚刚记事。

　　辛斯用田地里的草给我做了一顶草帽，戴在了我的头上。他总是捉弄我，于是他说："如果你弄丢了，我一定会打你的脑袋。"

　　但这句话好像让史贝西很不安。她脱下围裙就逃出门去。我开始跟着她跑，想告诉她，辛斯只是开玩笑，不会真的打我的。于是蒂婶婶说："由着她去吧。"我们也就让她跑出去，没有管她了。

　　史贝西的头上顶着满满的悲伤。我猜她以前一定经常挨打。因为每次周围有人举起手，她都会立即把手护在头上。大多数情况下，我都由着她去，她不说什么，我也不会说什么。晚上，当我俩挨着躺在小床上时，我能听到她在我旁边偷偷哭泣。我不知道，有时候她会不会也听见我的哭声？

星期五

我从亨利老爷的台历上看到了今天的日期。1859年4月15日，星期五。我也一直都在练习写字。我刚写了"河流"这个词。我看到了流经大房子门前的詹姆斯河。我很好奇那条又老又懒的河，是流向什么地方。我从来都没有离开过贝尔蒙特。也许有一天，莉莉夫人去里士满逛街访客的时候会带上我。

星期六

今天早上，辛斯和史贝西吵得很激烈。起因是史贝西的名字。辛斯发现了她的名字也是辛辣的意思，觉得这个名字很好玩。于是他问史贝西，你更偏向肉桂还是肉豆蔻呀？天哪，他这么说有什么意思！史贝西完全被激怒了。她拖住辛斯，狠狠地一拳打到了他嘴上。"你这半个白人狗！"她冲着辛斯吼叫。辛斯被猛地撞倒在了地上。

"你脑子坏了吗？小丫头！"辛斯回吼道，脸上是被打到的淤青。在这里，我们从来都不讨论辛斯的长相。史贝西的眼睛里都是泪水，她一边气呼呼地跺着脚，一边说："你可能看上去长得像老爷，但是你也不是真正的白人。我绝对不能容忍你欺负我！"

话一旦说出去就收不回来了，哪怕这些话都没有错。辛斯看上去的确会被认为是一个正常的白人男孩，大房子家庭的一员。他有灰色的眼睛，还有鬈鬈的沙色头发。在木屋那里，总有人悄悄议论，说他爸爸是一个白人——亨利老爷的哥哥，或者就是亨利老爷自己。我才不管他爸爸是谁，在我看来，辛斯就像我的哥哥一样。但是我知道，辛斯长得像白人，却是一个黑人，这一点他自己也很困惑。

后来

每当我有什么烦心事的时候，我都会跑去玫瑰园找贺玻叔叔帮他除草。以前我总觉得，这些烦心事看上去也没有那么糟糕。

我告诉了贺玻叔叔史贝西说的话。"当你是一个奴隶的时候，皮肤是什么颜色就没有什么意义了，"贺玻叔叔解释道，"在弗吉尼亚，法律规定，如果母亲是黑人，那么她的孩子就是黑人。如果母亲是奴隶，那么她的孩子就是奴隶。辛斯虽然看着像白人，但是他依旧是个黑人，因为他的母亲欧拉是个黑人。这个和他的父亲是谁没有一点关系。"

蒂婶婶从来没有告诉过我们辛斯的爸爸是谁，我也不敢去问。虽然我一点都帮不上忙，但还是很好奇。辛斯知道他的爸爸是谁吗？如果真的是亨利老爷，那么，他会怎么想，成为自己爸爸的奴隶？总有一些事情，一经琢磨你就发现完全是错误的。但是这样的情况却时有发生。在木屋那边，很多看上去像白人的黑人生活在那里。他们的爸爸都是白人，但是他们的妈妈都是黑奴。所以他们就成了黑奴。这个一点都不对！

我从来都没有见过自己的爸爸。妈妈告诉我他的名字叫鲍勃·科尔曼。我出生前，他就淹死在河里了。虽然我们都生活在河边，但是没有一个人会游泳。因为亨利老爷绝不会允许我们会游泳，这样我们就不能游过大河逃跑了。想到爸爸，又让我想起了妈妈。我真的好想念妈妈呀，每次想起她，我都很心痛。因为我见过妈妈，我摸过她的脸，见过她朝我笑。不过，奇怪的是，虽然爸爸对我来说很陌生，我还是很想念他，哪怕我从来都没有见过他。

周中

这个星期到目前为止都是阳光灿烂、天空湛蓝。史贝西和我每个晚上都会花一两个小时，用夫人扔掉的旧衣服缝一条被子。蒂婶婶一直都忙着用河沙来刷洗旧陶罐，或者忙着给一些坚果剥壳。如果贺玻叔叔没有和辛斯一道待在马厩里，或者没有驾车送大房子的一家人出去或回来，他就会坐在旁边陪我们。我们讲故事来打发时间。

我最喜欢的故事还是关于贺玻叔叔和蒂婶婶怎么

结婚的。

贺玻叔叔开始讲了起来，蒂婶婶会在中间补充。当蒂婶婶刚到贝尔蒙特被安排到厨房住的时候，贺玻叔叔已经住在厨房里了。她一来就捕获了贺玻叔叔的目光，她长得那么好看。"史贝西，有的时候看到你我会想起那个时候的她，但是她那个时候真的非常苗条。绝对不会超过一百磅重。有一天我开玩笑和她说：'你烧菜那么好吃，怎么就一点都不胖呢？'"

当时蒂婶婶看了一眼贺玻叔叔，然后对亨利老爷说："我还没结婚呢，不能和一个男人同居，不管他多大年纪。"为此，她有两天不肯烧饭。

贺玻叔叔继续讲了起来："莉莉夫人被激怒了，在她眼里，主人让黑奴住在哪里，他们就得住在哪里，没得挑。要是她，一定狠狠揍你们蒂婶婶一顿，让她以后老老实实，再也不敢造次。但是亨利老爷对饭菜合口很看重，蒂给他做饭已经很多年了，非常了解他的口味。当时，莉莉夫人还试着从木屋那里找一个女人来烧饭，但是亨利老爷就是不答应。

"最后，亨利老爷找了一个大家都很满意的完美解决方法。当然，这个方法对我来说最满意了。那个是一个圣诞期间的星期天早上，贝尔蒙特来了一个牧师。老爷当众宣布我和你们蒂婶婶结婚了。"

"完全没有问我们意见，就只是告诉我们而已。"蒂婶婶说，"嫁给这个老男人，从来都不是出于我自己的意愿。"她总是笑着说，"但是，经历了那么多年，有他一直陪在我的身边，我真的觉得这个主意不错。"

"今年圣诞，我们俩就结婚十六年啦。"贺玻叔叔说到这个的时候，蒂婶婶拉起他的手，轻轻地拍拍他的手背。所有故事都是这样结束的，大家都在笑，他们两个互相微笑着对视。我很喜欢这个故事，也很喜欢听他们这样慢慢地讲给我听。每次听他们这样娓娓道来，我都觉得好幸福。

星期五

昼日开始越来越长，这意味着我们的工作时间也越来越长。夏天，莉莉夫人几乎每天都要洗澡。今天晚上，我和史贝西一起把热水一桶桶拎上楼，倒在莉莉夫人的浴缸里。等她洗完澡，我俩还要把水倒到木桶里，再一桶桶拎下楼去倒掉。一路上，史贝西来来回回把水洒得楼梯上到处都是。我被她逗乐了，她自己也觉得好玩。然后，我俩就大笑起来。大笑的感觉真好。特别是看到史贝西大笑，我感觉更开心了。因为，我从来都没有看到她笑过，还以为她不会笑呢。

第二天晚上

今晚天空很晴朗，月亮又圆又亮，非常适合写字。

阁楼很闷热，我完全睡不着，只好把垫子拿出来睡在外面。有时候，我们会在夏天这么做。史贝西就跟着我一起也睡到外面来了。但只有我们两个女孩而已。我们就躺在那里，仰望星空。既然我们已经一起大笑过了，现在一起聊天就变得容易多了。

我发现史贝西也没有妈妈。和我早先猜的一样，她被之前的主人虐待，一直被打被骂。她告诉我她以前的主人比亨利老爷还要刻薄。我真的想象不出来。

"如果可以，我一定会逃得远远的，逃到一个他们永远都找不到我的地方去。"史贝西脱口而出，看上去像极了一只躲在角落里的猫，"你千万不要说给别人听哦。"

我说："我们都不是告密者。"

"对，我也不是。"她说到，我相信她。

四月的第四个星期天

太阳马上要出来了，但是在新的一天开始前，我要再写一遍"自由"。对很多人来说，这是一个多么强大的词。自——由。自由。我的脑子里却是一片空白。这个词在我这里失去了魔力。在我的脑海里，我什么都看不到。

我看着之前画像上的这个独眼男人，一遍又一遍。他的脸上，我找不到任何故事。但是有一件事情我很肯定，如果这个独眼男人做了什么事情让亨利老爷这么生气的话，那么他一定不是一个十恶不赦的大坏蛋。

星期一

莉莉夫人最喜欢的孩子是她的女儿克拉丽莎，我知道为什么。克拉丽莎已经长大成人了，她结婚了，还有几个和威廉差不多大的孩子。蒂婶婶说，当莉莉夫人以为自己已经不能生育的时候，她怀上了威廉。威廉出生时，她差点难产死掉。他们说，那个时候多亏了蒂婶婶，不然莉莉夫人早就救不回来了。那个特地从里士满大老远请来的医生试了各种方法都没有用。最后还是蒂婶婶调出了一剂药，莉莉夫人喝了之后，第二天早上，小威廉就出生了，他是脚先出来的。

"树上所有完—完—完……"威廉少爷努力朗读一首诗，然后他读不下去了，一个很简单的词，但是他不认识。他的脸涨得通红，"妈妈，这个词怎么念?"

莉莉夫人的脾气很暴躁，哪怕是她心情不错的时候都很容易被惹火，更何况今天她的心情不怎么样。她用一把尺子重重地拍打了威廉少爷的手掌——"完美!"她冲着威廉吼道，"这个词念完美! 这么常见的词。完美。看着这里，再念一遍。完——美！"

威廉把书往身后一扔，跺着脚跑掉了。莉莉夫人紧紧跟在后面，威胁要把他的皮剥下来。这节课就这么不欢而散了。

我趴在地上，在藤椅下找到了威廉少爷扔掉的这本书。我会把它还给夫人，但是在那之前，我一定要找机会先把那首诗读完。

星期二

穿新鞋会是什么样的感觉？现在天气已经变得很暖和了，完全可以光着脚出去。我的脚终于可以摆脱这双威廉穿旧扔掉了的鞋子了。赤脚踩在地上的感觉真好，我的脚趾感觉很舒服，也很轻松。也许，这就是穿新鞋的感觉。

星期三

本·汤姆森先生店里的贝蒂来贝尔蒙特给夫人试

穿新做的衣服。贝蒂是个很不错的裁缝。她的主人专门雇她去那些很远的地方给人量体裁衣。结婚礼服、漂亮的派对礼服——各式各样的衣服。即便贝蒂做得那么好，但是和当年做裁缝的妈妈相比，还是差了一大截。在贝尔蒙特，大家都这么说。

弗吉尼亚最丑的裙子就在贝尔蒙特，现在正穿在莉莉夫人的身上。裙子的颜色是一种渐变的淡绿色，看上去像是被洗过很多次，都褪色了。我宁愿穿身上这件白色棉麻衣服，哪怕底下没有东西穿，总好过莉莉夫人身上的那堆乱七八糟的东西。

贝蒂在大房子做完活儿后，路过蒂婶婶的厨房和她聊天。我躲在边上偷偷听着，小心自己不要搅和到大人的谈话中。

贝蒂说，几个星期前贾斯帕和纳奥米从蒂斯黛尔种植园逃走了！追上去的狗差点就要逮到他们了，突然，那些狗一下子昏迷过去，然后起来就一直狂叫。

"我听说，红辣椒能让狗这样。"蒂婶婶说。

贝蒂接下来说的事情，让我听得更入神了。"有人说，是一个白人男的帮他们上了那种在地底下跑的铁路，一个独眼白人。"

我突然想，如果这个独眼男人帮助贾斯帕和纳奥米逃跑，那么他一定就是那个他们说的废奴注意者。

晚些时候

我的脑子里一直都在想废奴注意者，一直想个不停。貌似一些白人并不想要黑奴。他们就是废奴注意者。我很难想象，居然有这样的白人。但是想到在外面的某些地方有这样的一些人，我还是很高兴。那些想要留着黑奴的白人，我了解他们。但是我更想了解这群废奴注意者。他们在哪里生活？有多少这样的人呢？他们是不是都带眼罩？他们都是男人吗？但是有一点我很确定，这些废奴注意者正在帮助黑奴获得自由。起码现在知道这些就已经很开心了。

1859年4月29日，星期五晚上（我猜）

史贝西和我一起在大客厅打扫时，打破了一个花瓶。莉莉夫人狠狠揍了她一顿，用鞭子在她的背上用力抽打了十下。在我看来，那鞭子更像根树枝。

蒂婶婶用橡树叶磨成粉混合雨水做成的药膏，轻轻涂在她的伤口上，小心地把里面的刺挑出来，防止伤口化脓。我看到史贝西的后背时，觉得胃都搅在了一起，很难受。不是因为那些新伤，而是她背上的旧伤疤。以前，她真的一直被打，而且被打得很厉害。我从来都没有受过那样的鞭打，我也不想要。莉莉夫人只是因为一只打碎的花瓶就这样狠命地打史贝西。如果她知道了我会读也会写字的话，她会怎么处理我呢？一想到这个，我的心都颤抖起来了。

星期天——晚饭结束后

我们服侍大家用餐的时候，史贝西把肉汁洒在了客人的衣服上，还打碎了盘子，碰破了杯子，我真的吓得半死。我想莉莉夫人一定会把她杀了的。莉莉夫人信誓旦旦地和她的客人说："明天我一定把她打发去种植园种烟草。"我看见史贝西在笑。我知道她希望被送去种植园，只要能远离亨利老爷和莉莉夫人就好。后来我告诉她，她用这个方法实在是有点傻。无论怎么样，最后史贝西的计划还是没有得逞。只是因为亨利老爷要和他的老婆对着干，他执意把史贝西留下来了。他还说，史贝西只是需要训练，之后她就能做好。

"你为什么要关心我?"后来史贝西问我道。

"我看到你背上的伤口，我不想这样的事情再发生在你身上，也不希望发生在任何人身上！而且，我也挺喜欢你的。"史贝西看上去真的惊讶极了，估计我是第一个和她这么说话的人吧。

所以目前为止，史贝西还是和我们一起待在厨房里。我很庆幸，我想她也是。

五月的第一个星期天

今天我们给整整两屋子的客人准备并服侍了三顿饭。还要给客人们准备洗澡水，帮忙收拾。我真的累坏了，一点力气都没有，完全不想写字。可是我还要把我的衣服洗干净，我不想下周还是穿脏脏的衣服。

星期一晚上

蒂婶婶打发我去木屋那里给阿吉送药膏，史贝西和我一起过去。乌珂努力表示了友好，但是不知道为什么，梅西就是一副不喜欢史贝西的样子。不过梅西本来就很多变。我给她看贺玻叔叔做给我的"小不点"时，她还嘲笑我这么大了还在玩娃娃。回去的路上，史贝西叫我不要介意梅西说的话："有的时候，人们嘲笑你，只因为他们知道那么说你会生气。"

我问她那么为什么能容忍辛斯这样嘲笑她，惹她生气。

"我也很讨厌我的名字。"史贝西说，"史贝西（辛辣）! 谁会取这样傻的名字呀?! 我的妈妈本来都想好要叫我罗斯（玫瑰）的。但是我以前的主人就是不准，还给我起名叫史贝西。妈妈没有办法，只能叫我史贝西。"

越了解史贝西我就越是喜欢她，也越是为她的经历感到难过。

第二天

自从上次辛斯和史贝西闹翻后，辛斯就很少来厨房了。所以，只要有机会我就会去马厩找他。"史贝西有没有欺负你？"他问。

"完全没有。"我告诉他，史贝西以前经常被虐待，身上有很多伤。他点点头表示理解。我真的很喜欢史贝西，我觉得她是我的朋友了。我写下了"朋—友"。这一次，我眼前浮现出了辛斯、乌珂和史贝西。这一次，梅西没有出现在画面里了。

星期三

几乎每个星期辛斯都会和亨利老爷去参加赛马。昨天晚上他们骑马离开去了南安普顿。辛斯是一个很厉害的骑士，经常能替亨利老爷赢很多钱。

星期三晚上

每次拼写"厨—房"这个词，我都能闻到厨房的味道，也能看到厨房的样子。它的味道一直都很好闻——屋檐上挂着香草，山核桃木的木片在火炉里面燃烧，一个陶罐里煮的东西在冒泡或者是煮开了。蒂婶婶非常喜欢她那个有四个炉灶的灶台，这样四个厨娘可以并排站在一起烧饭。她真的就是贝尔蒙特厨房的女主人。

今天莉莉夫人跑来厨房说起了她今天晚宴要的一些特别菜式。蒂婶婶只是回答说："好的，夫人。"但是后来，她还是准备了每个星期三都会准备的那些菜式。

我必须告诉史贝西，蒂婶婶和莉莉夫人是怎么相处的。亨利老爷对吃的东西非常挑剔。除了蒂婶婶，他不会相信任何人来准备他的饭菜。我记得有一次听他说过，他不会吃一个他会鞭打的厨子做的饭菜。我猜可能因为他担心自己会被下毒。蒂婶婶知道自己到底是为谁做饭的，绝对不是为莉莉夫人。"老爷在星期三要吃炸鸡块和拌土豆，那才是我要准备的饭菜。"那么，这也就是她今天给客人们准备的菜式。

第二天

和史贝西解释贝尔蒙特的生存之道和人际关系，是一件很有意思的事情。昨天晚上我跟她解释为什么亨利老爷偏爱蒂婶婶但是就是看不惯贺玻叔叔。让她理解这些的最好方法，是告诉她这里最初时候的情形，就是一直要从亨利老爷刚来贝尔蒙特的时候说起。

在亨利老爷和莉莉夫人结婚之前，贺玻叔叔就已经待在贝尔蒙特了。当时，莉莉夫人是一个寡妇，带着一个孩子。贺玻叔叔打理着这里，并且管理果园的一切运作。

传说，那个时候贺玻叔叔是一个又高又帅的男人。即便是现在，在经历了那些劳苦的工作和岁月的侵蚀后，他看上去还是很英俊。亨利老爷刚来贝尔蒙特的时候，想做的第一件事情就是把贺玻叔叔卖了。但是莉莉夫人是不会答应的。贺玻叔叔是生在贝尔蒙特，长在贝尔蒙特的。他是和莉莉夫人的父亲戴维·门罗一起长大的。莉莉夫人一直喜欢吹嘘说，总统和很多政客都在贝尔蒙特做过客。

贺玻叔叔也很喜欢吹牛。"在美国这个国土上，没有什么地方是我没有去过的。"他说，回忆起那个时候他和戴维·门罗一起到处旅行的事情。他说他去过很多地方，"那个时候，老爷和我去了里士满……诺福克……詹姆斯敦……我们甚至都去了佛农山庄。我们周游了美国国土上所有的地方。"只要能让我去这其中任何一个地方，让我做什么我都愿意啊。

辛斯是我们当中唯一一个比贺玻叔叔去过更远地方的人。我记得有一次，威廉告诉我，树林里有鬼，还住着一条巨蛇。那条蛇会把所有敢离开贝尔蒙特的黑奴都吃掉。还是贺玻叔叔，教了我很多生活上好的方面。在这里，无论老幼，都很喜欢贺玻叔叔——除了亨利老爷。只是因为贺玻叔叔是莉莉夫人家族的一员，亨利老爷才很不喜欢他。"要不是亨利老爷入赘到弗吉尼亚的这个大户人家，他只是一个一文不值的白人而已。"贺玻叔叔说。他从来都不喜欢这个新主人。

星期六

今天晚上我们大家一起聚在谷仓，因为乌珂和一个叫李的人结婚了。李来自蒂斯代尔种植园，年纪要比乌珂大一倍呢。亨利老爷下来参加了派对，还说了一些类似于很期待他们生很多很多孩子之类的话。

我真的不敢相信，乌珂都已经结婚了。她比我没大几岁，我都从来没有想过自己会结婚。当我看到乌珂脸上的表情时，我知道她也没有准备好。我甚至都不知道她已经在见男孩了。现在，她已经结婚了，之前我一丁点都不知道。她为什么都不告诉我呢？

在厨房里做事的人都去了。史贝西来了，即使她不想来也来了。贺玻叔叔帮我们每个人都剪了玫瑰花，好插在我们的头发上。我选了一朵红色的，史贝西喜欢黄玫瑰。她看上去比刚来的时候漂亮多了，只是，我还是在她的眼睛里看到了悲伤。

辛斯回来了。他在那里和女孩们一起跳舞。贝尔蒙特唯一一个未婚男人就是辛斯了。大家都很期待，不知道将来辛斯会和哪个姑娘结婚。梅西看着辛斯的样子，让人觉得梅西已经爱上他了。但是我觉得，辛斯一定配得上比梅西更好的女孩。我很确定。

辛斯很会享受生活。自我记事起，每次跳舞，辛斯总是找我跳第一支舞，但是今晚，他经过我，直接走到史贝西跟前请她跳第一支舞。对此我很惊讶，感觉有点失落。我猜这是辛斯找史贝西和解的一个方法吧。我本来以为，史贝西不会答应和辛斯跳舞的，但是我发现我又错了。

史贝西站起来的时候，大家都在旁边偷笑。大家都知道史贝西长得有多壮。但是她让我们着实吃惊，她踩着鞋跟，踏着朱巴舞①的节拍，跳得比这里大家以前看到的所有舞蹈都好。

今天我看到了史贝西的另一面，以前我从未看到。她玩得很开心，大声笑着，轻快地跳着舞，像一只快乐的小鸟。史贝西跳起舞来的时候，看上去一点

---

① 美国南部农场黑人的一种舞蹈。

都不笨重。看着辛斯带着她一起转圈跳舞的样子，我目不转睛，都忘记了之前辛斯不请我跳舞让我有多生气了。其实，这也没有什么。

辛斯和史贝西跳完之后，大家纷纷来请史贝西跳各种舞，又跳鸽翼舞①，又跳曳步舞②。没有人来邀我跳舞。哪怕有人来邀，蒂婶婶也不会准许我去跳的，因为她说我还没有长大，还没有到和男生跳舞的年纪。只有辛斯例外可以和我跳舞，因为辛斯就像是我的哥哥。

今天晚上的派对太棒了。但是我觉得乌珂完全没有享受到其中的欢乐。她只是坐在那里，把手环抱在胸前看着我们，看上去很忧伤。我只是不明白，既然她那么不想结婚，为什么又要嫁人呢？

星期天

今天早上是辛斯第一次来参加礼拜，只因为蒂婶

---

① 一种跃起两脚互击的花色舞步。
② 一种拖着脚走的舞步，动作快速有力。

婶硬要他去。他坐在我和史贝西之间，一直扮鬼脸想
逗我俩笑。蒂婶婶轻轻戳了我的手臂，想让我端庄一
点。梅西一直朝我们翻白眼。礼拜之后，我们都得迅
速跑回厨房准备晚餐上桌。可是，梅西却堵到了史贝
西跟前。"不要以为你能在大房子里面服侍白人主人，
就能嫁给辛斯。他将来会娶我的，所以不要总是盯着
他看，听到没有？"说完她就趾高气扬地走开了。

　　辛斯倒从来没有想过会和谁结婚，梅西说的话
也只是想气气史贝西。但是我就忍不住地想，史贝
西和辛斯？这两个人，我以前从来没有想过在一起
会怎么样。但是越朝这个方向去想，我就越喜欢这个
想法。回想起昨天晚上他俩一起跳舞——辛斯和史
贝西。

星期一

　　跟着威廉少爷上课，我已经偷学了许多东西。比
如，我知道了一年的四个季节，一个星期里面的七
天，月份以及它们的顺序。通常，我们都是通过太

阳、月亮，还有这一天发生了什么特别的事情来区别时间和日子。有的时候我们也会用天气来计日，比如下雨天。但是有时候，会连着下很多天雨，这样的计算法就很模糊了。没有太阳，我摸到的所有东西都潮乎乎的。

星期二

今天乌珂在田间看到我，向我招手，我也朝着她招手。蒂婶婶却说，我以后不能一直和乌珂一起玩了，因为她已经结婚了。"女孩子不该和已婚妇女待在一起。"

每当我写乌珂的名字时，眼前就能看到她已经长大的样子，旁边还站着她的丈夫。我好想快点长大，好想变成乌珂那样丰满，或者像梅西那样漂亮狂野，再或者像史贝西那样又高又壮。但是我根本不是她们中的任何一种模样。如果可以，我真的希望自己起码可以变得漂亮一些。

我以前在莉莉夫人的镜子里，仔细看过自己的样子。我长得并不平庸，但是我还是觉得如果我的牙齿没有那么大就好了。我的脸端端正正的，但我更希望自己能长得再高一些，再壮一点。我长得应该还不错，但是不知道为什么，我却不觉得自己不错。

星期三

半夜的时候，鲁弗斯突然急匆匆地跑来，跑得一身汗。他猛敲厨房的门，大叫着找蒂婶婶。原来阿吉要生产了。我求蒂婶婶带我去，但是她以前从来不带我去，这次也没有例外。她带着史贝西帮忙。我好不开心，很气恼。为什么年长一些的女孩总能做各种事情。我已经不是一个小女孩了，但是也还没有长大成女人。我好像两边都不属于。

直到她们两个都回来了我还在生气。我吵着要史贝西告诉我生孩子的事情，事无巨细，都要讲给我听。蒂婶婶是对的。助产真的不适合我。我也知道自己未必想要去看一个小婴孩是怎么出生的，特别是听了史贝西讲述的过程，我就更不想看了。但是当史贝西告诉我鲁弗斯和阿吉生了一个又白又胖的小男婴时，我真真切切地看到了她脸上的微笑。"而且，是我帮着他出生到这个世界的。"她说起来得意兴奋。史贝西的眼睛里闪着光芒，我听到了她声音里面洋溢着快乐，而且我懂了蒂婶婶带上她是多么明智的决定。

第二天

今天我满脑子想的只有一件事情。阿吉和鲁弗斯让亨利老爷拥有了第二十八个黑奴。这个小男孩，并不属于他的父母——他属于亨利老爷。

之后那一天

今天我去看望这个小婴孩了。我采了一大束野花送给阿吉。蒂婶婶把她偷偷攒下来的一篮子吃的给阿吉，因为阿吉需要喂奶，需要营养。

乌珂抱着她刚出生的弟弟给我看。抱着小婴孩的感觉真的好棒，他全身都软软的。蒂婶婶发现，亨利老爷允许刚生完孩子的妈妈放一个星期的假不用去田里干活，这样阿吉就有一整个星期的时间和她的儿子在一起了，只有他们两个。

我终于逮到机会和乌珂好好聊聊天了，顺便听她跟我讲讲她的新婚生活。就像我怀疑的那样，乌珂一点都不想结婚，可是，亨利老爷命令她和李结婚。就是这样，莉莉夫人一直关注着女孩们，一旦有谁到了结婚年龄，她就去告诉亨利老爷。乌珂到了十五岁，亨利老爷就让她选一个丈夫。她没有选，老爷就给她选了李，告诉她，他们要生很多健康的小孩。"李一点都不爱我，"乌珂跟我说，"而且我也不爱他，婚姻根本不该这样。"

"但是蒂婶婶和贺玻叔叔一开始结婚的时候也不相爱，他们是后来慢慢培养出感情的呀。也许，你和李以后也会更加关心彼此。"我劝乌珂。但是我自己也不相信自己说的话，我觉得乌珂也不相信。他们怎么可能培养出感情呢？李几乎都不住在这里，只是偶尔会过来住一段时间。

将来，我也会这样吗？当我到了结婚年龄时，亨利老爷也会随便找一个人让我结婚，只为了生小孩，好让老爷拥有更多黑奴吗？我绝不允许这个发生，绝不允许！

星期六

一整个星期我们都在大房子里忙着大扫除。我们要在夏天来临前把冬天的尘土都擦掉。我们打扫得手都生出了老茧，背也很酸痛。蒂婶婶自制了一种药膏给我们涂，让我们缓解背上的酸痛。她做这些药膏的时候，叫我在旁边仔细看着。蒂婶婶已经把她所有的药方都告诉了我，如何做药膏或者药粉，但是她却要我保密这些药方，绝不告诉别人。每次蒂婶婶告诉我她的秘密时，我都很难过，因为，我不敢告诉她我自己的秘密。

后来

亨利老爷的一个老赌友斯坦利·格雷夫，已经在这里待了一天多了。莉莉夫人的晚餐就单独和威廉一起吃了。她这样做只是为了气气亨利老爷。因为她完全不同意他赌博。

晚上我和史贝西服侍老爷用甜点时，偷听了他和格雷夫的谈话。他们在讨论废奴。我竖起耳朵，听到格雷夫说他们觉得那些废奴主义者可能会推选一个代表来竞选美利坚合众国的总统。我在跟着威廉上课偷学的时候听到过"总统"这个词，我知道他是所有这些白人老爷的老爷。如果总统是一个废奴注意者，那么他就可以废除奴隶制度，而且那些白人老爷们也不能说不。

我听到了一个新的名词，"脱离联办"①。我要把这个词写到本子里面，以后我要去学习认识一下。

五月的第三个星期天

我在亨利老爷桌子上的日历读到了今天的日期——1859 年 5 月 20 日，星期天。鲁弗斯在今天早

---

① 原文是"Cecession"，作者拼写错误，应为"Secession"，指美国南部十一州在南北战争开始时脱离联邦。

上的礼拜时，讲了伊甸园，上帝的花园。里面充满祥
和、宁静、爱、美好，没有伤害，没有痛苦，也没有
奴隶。只可惜这里没有这样的地方，这点我很肯定。
之后服侍老爷用餐时，我们只听到亨利老爷和莉莉夫
人在吵架，互相怒骂着脏话。这就意味着，我们在服
侍莉莉夫人的时候一定要加倍小心。她一定会尽力找
茬来教训我们，把我们打发出去。

　　星期天晚饭之后，我跑到我的秘密花园来写字。
我刚写了"船"这个字，眼前就浮现出一艘船载满
了人经过贝尔蒙特，我朝着船上的人挥手，他们也朝
我挥手。我很好奇，他们会怎么看待我呢？我也很好
奇，船上会不会有废奴注意者呢？

　　　　　　　　　　　　　　　　　　　　过了几天

　　昨天下了一整天雨，今天还在下。没有吓人的闪
电和雷鸣，只是淅淅沥沥地不停下雨。空气变得很潮
湿，厨房墙壁上布满了吓人的霉斑。我们花了一整个
早上，用醋水来擦拭墙上的霉斑。

晚饭过后，蒂婶婶派史贝西去马厩给辛斯送饭菜。史贝西回来时，脸上挂着笑意。"真没想到呀，"蒂婶婶看上去很惊讶，"看来史贝西挺喜欢辛斯的。"

蒂婶婶真是最后一个才知道的。大家老早就在议论这两个人怎么眉来眼去了。我自从上次乌珂的婚礼派对后就发现了。辛斯和史贝西。史贝西是一个很不一样的人，因为她来自别的地方。但是这个不一样是好的方面。辛斯和史贝西。梅西一定心里面很不爽呀。真好。

第二天下午

今天是星期四。我永远都忘不了这一天。威廉差点就逮到我读书了。老天呀，我以后一定要加倍小心。我本来在给亨利老爷的书房打扫，里面有各种各样的书。我发现一本书叫《地图集》。看到这本书的时候，我好兴奋，书里面都是各种各样的地图。正当我在找弗吉尼亚的时候，门突然打开，威廉走了进来。

威廉坏坏地朝我笑："我知道你在干什么！你在

看书!"

威廉大声叫他妈妈的时候,我想,我今天一定死定了。我的舌头都打结了。当我想声辩说些什么的时候,喉咙却发不出声音。莉莉夫人从大客厅那里应声跑来。"妈妈,克洛蒂刚刚在看书,"威廉说,"她刚才躲在房间里面,还把门关上了。我进来的时候就抓到她在那里看书。"说完他就不停地笑。

我站在那里低着头,尽量装作很无辜的样子。莉莉夫人打断了威廉:"我还以为发生了什么重要的事情呢。克洛蒂怎么可能在看书,她压根不懂怎么看书,又没人教她。"她说道。她离开房间的时候,我还能感受到她的气势。"克洛蒂,开着门,不许关。"莉莉夫人转头看着我说,目光里带着好奇。威廉只是觉得好玩,还是不停地笑。我怕得腿不停地抖。

星期六

蒂婶婶说她这些天夜里手肘一直疼,看来天黑前一定会下雨。在我看来这很平常,蒂婶婶的手肘一向

可以预报晴雨。我也在亨利老爷书房里看到一本年鉴
书上说，1859年5月，天气会很潮湿。

和我发现那本地图集的经过一样，我也是在给亨
利老爷的书房打扫的时候发现那本年鉴的。

一开始我很惊讶，怎么有人可以提前知道什么时
候满月。真的，每一次都是在书上说的这一天满月。

现在我试图通过读亨利老爷的书来解答自己的问
题，只是每次都得格外小心。自从上次差点被抓住之
后，我都有点紧张过头了。

星期一

虽然时间已经很晚了，但是天还没暗。莉莉夫人
已经把读书时间改到清晨了，那个时候比较凉爽。但
是我也还是要在旁边扇扇子。

一大早，辛斯就带着威廉去骑马了，这样一来，
威廉上课就晚了。莉莉夫人都抓狂了。迟早，莉莉夫
人会把气都撒到我们头上，不过不管辛斯做什么都不
会让她满意。好在辛斯是跟着亨利老爷替他做事的。

我想，辛斯自己也不想跟着服侍莉莉夫人吧。他自己知道，所以一直都远远避开。有传言说，莉莉夫人之所以讨厌辛斯是因为他的妈妈欧拉。也有人说，辛斯其实是亨利老爷的私生子。

对此，蒂婶婶一直保持缄默。不过木屋那里的女人们在八卦时，我总能听到一些碎片。当时，莉莉夫人一定要把欧拉卖掉，因为欧拉太漂亮了。莉莉夫人本来也要卖辛斯的，但是亨利老爷决不松口。他的理由是，成年并且受过训练的黑奴会更好卖，能卖更好的价钱。亨利老爷答应说，等辛斯十六岁的时候再把他卖掉。

过了冬天，辛斯就十六岁了。不知道莉莉夫人是否还记得当年的约定。千万不要啊，没有什么能比失去这个像哥哥一样的朋友更糟了。

星期二

想到辛斯的妈妈，我就会想到我的妈妈。因为她们两个几乎是同时被卖的。夏天昼长夜短，我也就有了更多的时间找机会来写字。我只是写下了"妈—妈"。妈妈。我眼前的妈妈还是她刚离开时的样子。那个皮肤黝黑，眼睛里充满快乐的女人的脸。随后，寂寞的感觉充斥着我的心，今天，我真的没有心情再写字了。

星期三

如果不是史贝西说，我都不知道我今天一直都满脸愁容。在我们拔鸡毛准备晚餐的时候，我告诉了史贝西关于妈妈的事情。

我告诉她，妈妈是如何因为大房子里面亨利老爷和莉莉夫人无休无止的争吵而无辜受累的。

欧拉一被卖掉，亨利老爷就把妈妈送掉了。他把妈妈送给了自己的妹妹和妹夫，阿米莉亚和华莱士·摩根，作为他们的结婚礼物。因为妈妈是一个很厉害的裁缝，她的手艺一定能帮他们赚很多钱。我当时还是个小孩子，他们并没有把我一起送出去。蒂婶婶说，莉莉夫人发现妈妈被送走时都要气疯了。她的脸都气绿了，当然她只是在担心以后没有人能给她做衣服了。

只是莉莉夫人越生气，亨利老爷就越淡定。"谁让你逼着我把欧拉卖掉的，那么现在，你也只能看着我把罗莎送走。"这话又引来了一顿大吵，莉莉夫人歇斯底里要扳回一局。但是不管她如何吵闹，都不能把妈妈带回来。妈妈必须去里士满。

后来

妈妈被带走的前一个晚上，把我交给了蒂婶婶和贺玻叔叔。每次贺玻叔叔讲起那天，他就说那是在"最好的岁月"之后的第一年。"克洛蒂是你们的孩子了，如果可以的话，请替我好好照顾她，爱护她。"妈妈和他们说。

之后，我也只见过妈妈几次。每当华莱士和阿米莉亚来贝尔蒙特的时候，会带上妈妈，这样她能一路帮忙照顾他们的孩子。每次到了圣诞期间，她都有机会一起跟着过来。每次她来，我们都那么开心，一会儿在一起有说有笑，一会儿又抱在一起哭。每次她都等我睡着了才走。当我醒来的时候，妈妈就离开了……她只是离开了。

五年前，一个邮差骑马跑来贝尔蒙特，之后没多久，亨利老爷就带着消息来到了厨房。"罗莎死了。"他说，他的声音很平静，里面没有任何情绪。没多久他的话就得到了证实。妈妈已经去了天堂——她只是离开了。

那天晚上，我听到木屋那边的人一整个晚上都在唱：

穿过彼岸，穿过彼岸，
穿过彼岸，来到天堂。
穿过彼岸，穿过彼岸，
来到美丽的上帝之城。

我讲完我的故事，史贝西说："你的故事，就是我的故事。"我们两个都哭了。和史贝西讲完之后，我感觉好多了。我和史贝西，一起哭过，一起笑过，一起分享彼此的伤心事。我们已经是最好的朋友了，我喜欢这样。

星期一

亨利老爷和辛斯去切斯特城参加赛马了。莉莉夫人和威廉一整个早上都待在家里。威廉气呼呼地冲出房子，一整个早上都待在贺玻叔叔的马厩。于是，今天就没有上课。

星期二

今天的学习时间，夫人开始教数数。对于我来说，学习数字没有学字母和单词那么快。不过，哪怕我再差，总有威廉比我更差。

1859年6月1日，星期三

今天在贝尔蒙特有一个集会。我在送甜点和咖啡的时候偷听到亨利老爷说他要支持一个叫克莱法斯·塔克的人。他正在主持议会。亨利老爷计划在7月4日为他举办一个盛大的宴会。

"塔克才是我们在华盛顿需要的总统人选。"亨利老爷说给集会的人听。

他们走的时候桌子上留了一张报纸。趁打扫的间隙，我偷偷拿起来藏到裙子底下打算回头再读。

第二天

读报纸的时候，我尽量挑读得懂的来读。但是上面还是有一大堆我不认识的字。但是我却辨识出了"废奴主义者"，现在我终于知道这个词的正确写法了，不是"废奴注意者"，是"废奴主义者"。我还发现，很多废奴主义者都住在叫纽约、波士顿和费城的地方。那里有一样东西叫作地下铁路，黑奴们就是坐着这个逃出来得到自由的。我想知道更多关于废奴主义者的事情。我把所有名字都抄在一张小纸条上，折成一小块藏在身上。只要一有机会，我就会去亨利老爷的那本地图集上找这些地方。

星期五

雨天终于结束了。一整个礼拜都没有下雨。接下来就是酷暑了。到处都是蚊子，每天晚上我们都烧旧报纸，用烟把蚊子赶走。

星期六

亨利老爷和辛斯去参加一场赛马，贺玻叔叔则驾车带着莉莉夫人和威廉到邻近的一个夫人家做客。对我来说，这是绝佳的机会，可以跑去亨利老爷的书房，去查地图，也不必担心被抓到。在书里面我找到了自己抄下来的这些地方的名字，这些废奴主义者居住的地方。首先，我找到了费城，然后是纽约，最后是波士顿。我也找到了里士满，还有很多贺玻叔叔和辛斯以前讲过的地方。关于怎么看地图，这些就是我所了解的所有内容了。地图上还有很多图标，我知道他们有特定的作用，但是我不知道这些图标到底派什么用处。我找来一张纸，尽可能把地图上的名字都抄下来。这样，以后我就不会把这些地名拼错了。在我眼里，这些名字都和自由有关，我只希望他们可以为我拼凑出一张自由的画面。

星期天

河流的水位越来越高，很多地势低的地方都被洪水淹没了。鲁弗斯今天讲了大洪水。诺亚和他的家人在上帝的指引下躲进了方舟，而上帝在外面把船门锁上。雨越下越大，下个不停。于是大水慢慢地将土地淹没，把所有的人和动物都淹死了——所有的生物，除了诺亚、他的家人，和那些被带上方舟的动物。

每个人都说，阿门。我实在不能理解这个故事。我也想象不出这个世界都浸没在水中的样子。这就像有的时候，我越过威廉的肩膀看到书上的那些词，但是我也不知道那些词代表了什么意思。

之后鲁弗斯向我们宣布，他刚出生的小儿子，名叫诺亚，因为上帝将诺亚从大洪水中解救了出来。

"上帝也会将解救我们。当然，我是指《圣经》中所表示的救赎的意思，"他说，"阿门。"

星期一

我真的好想问问上帝，为什么他要把蚊子也带上方舟？

星期天——六月的第二个星期天

这一整个星期，我们一边工作一边盼着星期天快点到来。六月的暑热实在是五月不能比的。当鲁弗斯给我们讲大卫的故事的时候，很难坐得住。大卫和我差不多大的时候，是一个牧羊少年。他用一个弹弓和五块鹅卵石击退了一个叫作歌利亚的巨人。"我们要像大卫一样，"鲁弗斯对我们说，"当我们面对一个巨人的时候，我们不能逃跑，我们要像大卫一样，勇敢地面对恶魔。"大家跟着说："阿门。"连我也跟着一起说。但是，我觉得自己还不够强壮来打败一个巨人。鲁弗斯经常会给我们讲很多励志的故事，但是我却不理解是什么让那些故事里面的人变得如此厉害。

礼拜一结束，梅西就转过头来冲着辛斯咧嘴笑。我发现自己已经不喜欢梅西了，我觉得这个和史贝西一点关系都没有。我只是不喜欢梅西的做派。

星期一

今天是 1859 年 6 月 17 日。我在清理亨利老爷书房里的墨水时，在垃圾桶里面看到了一张报纸，在报纸上我读到了今天的日期。有的时候，连我自己都很惊讶我为了可以继续学习而冒险做这些事情。

之后的星期六

今天是满月，我在月光下写日记。今天发生了许多有意思的事。亨利老爷和辛斯从弗雷德里克斯堡①

---

① 美国弗吉尼亚州东北部城市，在拉帕哈诺克河畔，1862 年 12 月南北战争的战场，南部邦联取胜。

回来，之前他们已经去了一个礼拜了。他们带回了一匹非常漂亮的种马，叫作舞王，是送给威廉的礼物。"它就是你的啦。"老爷这样告诉威廉少爷的。

大家都知道，老爷只是装装样子。这匹马真的是一匹上等的种马，辛斯才是那个能驾驭它、照顾它的人。但是为了避免莉莉夫人不满老爷买回那么多匹赛马，把贝尔蒙特变成了一个"赌博"的巢穴，亨利老爷就假装他这匹马是买来送给威廉的。

能看到辛斯很开心。他只要一离开马厩，就会来厨房和我们聊天。他不停地讲着舞王的事情，滔滔不绝，还说将来他一定能骑着它拿下无数场赛马比赛。

六月的第三个星期天

贺玻叔叔今天一清早就驾着马车，送夫人去安布罗斯的种植园。他们会去一整天。鲁弗斯今天讲到了约拿的故事。我很喜欢约拿的故事，但是我却觉得，住在一条大鱼的肚子里面三个昼夜，该是一件多么可怕的事情啊。

"很多时候，我们发现自己被困在了一条大鱼的肚子里，但是我们绝对不能因此而害怕。我们一定要站起来祷告。我们要一直坚强。我们的信念会把大鱼的肚子撑破，最后救出我们自己，获得自由……让我们一起祷告。"

我开始喜欢上鲁弗斯今天跟我们讲的《圣经》故事。每个星期天，他和我们做礼拜的时候，都会一次讲两个《圣经》故事。他讲的是《圣经》的故事，但也是讲我们的故事。约拿被困在了一条大鱼肚子里面，丹尼尔和狮子，还有大卫和巨人的故事，这些和我们困顿在奴隶的牢笼里，面对着自己的主人，其实是一样的。但是，上帝引导解救了丹尼尔、大卫和约拿，总有一天，他也会来解救我们。当然，这些话，鲁弗斯并不能直截了当地说出来，不然，亨利老爷一定会禁止我们再做礼拜的。鲁弗斯用他的方法，委婉地讲给我们听。一开始，我并不理解这些故事，但是现在我懂了。第一次，我发自内心地说："阿门！"

星期一

今天我去马厩找辛斯聊了一会儿，顺便也有机会仔细看看舞王。这匹马真的像辛斯说的那么完美，那么与众不同。只要有一个训练有素，像辛斯这样的骑者来驾驭，它一定能跑得很好。

"它是天生的王者！"辛斯得意地说道。

"但它是我的，"威廉突然从门后面走进来，穿着马服，"给它套上马鞍，我要骑它。"

自从威廉学会给马上鞍之后，他就开始骑马了。但是大家都知道，对于威廉而言，舞王实在太高了，他现在还骑不了。

"威廉，"辛斯尽量耐心地向他解释，"舞王现在还没有准备好。让我先训练他一下，这样以后就能够让你骑它出去了。"

这个男孩不禁发起了牢骚，吵闹起来。但是最后，他还是妥协了，骑上了自己的那匹小马，钻石。只是从威廉的声音中我们能听出来，他心里面已经下定决心要去骑舞王。

六月的最后一个星期

威廉的课业取消了，一直要等到 7 月 4 日假期过后才会重新开始。

我讨厌假日。

每天我们都有各种事情要做。不是要去清扫大房子，就是要准备晚饭，服侍大家用餐，餐后还要打扫清洁。刚做完这些，没多久，一切又要重新开始了。

一有客人来，我们的工作就加倍了。我们还要给客房的浴室准备热水，把脏水清掉，还不能忘了擦洗浴缸，一大早去铺床。这就是为什么我讨厌假日的原因。

7月1日，星期五

今天我和史贝西一起擦地，为 4 日的宴会做准备。但是我们擦得很慢，挪起来像蠕虫一样慢。突然，辛斯跳到门廊那边的窗口边缘上，差点把我们吓死：

"嘿，姑娘们，你们怎么动作那么慢？快点忙活起来。"

"什么时候我们来了一个新主人啊。"史贝西随口说道。

"那么有你们这两个姑娘，我该是一个多么可怜的主人啊。"他诙谐地眨眨眼睛，说，"克洛蒂，你长得还不如山雀壮，所以我一定卖不掉你。"随后他转向史贝西："至于你嘛，姑娘，你有着深邃的眼睛，我也不会把你卖掉！"随后他还加了一句，"我要把你留给我自己！"

即便史贝西把头低着看不到她的表情，我还是能感受到她的快乐。

"你是不是很喜欢我这个像哥哥一样的朋友？"等辛斯走开之后，我问史贝西。

"他没有那么坏。"她说，然后回去重新开始擦地。这一次她擦得比我快，轻轻哼着歌。

7月2日

今天早上，辛斯带了一束花给史贝西。他把花插在厨房的门缝里。以前他从来没有这么做过。"这是给你的。"辛斯说道。史贝西还没来得及回答，他就已经闪开跑掉了。他没有看到史贝西脸上大大的微笑。

蒂婶婶摇了摇头，拿了一个杯子往里面倒了一些水，拿给史贝西来插花。我和蒂婶婶两个人一整天都因为她有追求者而揶揄她。

7月4日

星期天的休息被取消了。因为大家有太多活要做，来为4号的宴会做准备。

我真的累坏了。除了我们平时要做的那些活之外，还有很多额外的事情要做。我忙得连日子都记不清了。昨天我和蒂婶婶在厨房干了一整晚的活。阿吉和乌珂也过来帮忙。梅西负责照顾小宝宝，等他睡着了也会过来帮忙。我负责端取食物，一刻不停地从冷藏室跑到熏制室，再到大房子、马厩、谷仓和后院。不停地有人和我说："帮我拿一下这个。""帮我拿一下那个。"现在已经很晚了，我躲在这里写字。我累极了，好想爬到床铺上睡觉休息。但是我不能，因为现在到了起来打扫卫生的时候了。

7月6日

生活终于又恢复了正常。我肯定要花好几天的时间，才能把7月4日发生的事情写下来。

星期——大早，客人就陆陆续续来到贝尔蒙特，在外面搭帐篷露营。莉莉夫人的女儿克拉丽莎和她们一家子是最早到的。

克拉丽莎的丈夫是理查德·戴维斯先生，他在城里一个很好的公司当律师。理查德是一个很严肃的人，而克拉丽莎却常常神经质。然而我很喜欢她。可能是因为她像一只受惊的兔子，一有风吹草动就立刻跑开找地方躲起来。这点完全不像她的妈妈，莉莉夫人。对于克拉丽莎的两个儿子，我真的没什么好说的。小理查德和威尔伯，他们和威廉年纪相仿，一直都能惹出各种麻烦。只要威廉和他们在一起，就能拼出"麻—烦—"这个词。麻烦!

果然,小理查德和威尔伯一从马车里跑出来,威廉就立马从房子里面冲出来大叫,好像房子着了火一样。之后他们仨就不停地在大房子里面乱跑,横冲直撞,大喊大叫。一会儿又从后门跑出去,跃过栅栏,跑进花圃里踩踏。他们的母亲只是在那边看着,感觉这再正常不过了。没有人会期待他们能乖乖的,也就由着他们去了。

4号早上快中午的时候,越来越多的客人已经到了。亨利老爷努力想表现得像一位绅士那样,欢迎客人,招呼他们,和他们握手、聊天。但无论他怎么努力,他看起来依旧是一个赌徒,幸运地娶到了一个有钱的女人。

另一边呢,莉莉夫人则像一只苍蝇,摆动着她那条难看的绿色裙子到处走动。她愉快地招呼着一个客人,聊上几句,然后走向另一个。看到这样的她,你很难想象她今天早上打骂我们直到她脖子上的青筋都暴露出来的样子。今早她嫌我走路慢,打得我的脸现在还在疼。走路慢。我真的累极了,能走路,已经很好了。

所有的人吃起东西来都像狼一样，狼吞虎咽——大口地吃一罐罐的熏肉、豆子、蔬菜、炖鸡、肉汁、米饭，还有各种各样的馅饼和蛋糕。没有人会想到我们之前花了多少精力来准备这些。他们只是在那里理所当然地吃。

酒足饭饱之后，亨利老爷觉得，让大家一起来听克莱法斯·塔克讲话再合适不过了。这个人就是亨利老爷力挺想要大家投票选的人。塔克先生的讲话实在太过冗长了，只是大家都比较礼貌，假装自己在认真地听。我差点就要睡着了，突然间听到了"废奴主义者"这个词，我提起精神来。

"我，首先，我已经厌倦了那些废奴主义者整天告诉我该怎么对待我的黑奴了。我烦透了一群无法无天爱管闲事的人，跑来我们的社区，用那个叫什么地下铁路①的玩意儿，放跑我们的老黑。"

① 地下铁路是十九世纪美国秘密路线和避难所，用来帮助非裔奴隶逃往自由州和加拿大，并得到了废奴主义者和同情者的支持。该词汇也用于指代帮助奴隶逃亡的废奴主义者，包括白人、黑人、自由人和奴隶。

听到这些词我觉得真好，哪怕我还是没有能完全理解里面的意思。

7月7日

接着昨天的继续写……

辛斯今天准备骑着舞王和一匹叫疾风的马比赛，疾风来自亚特兰大，曾传言是跑得最快的马了。于是，大家都押疾风会赢。

我偷听到亨利老爷轻声和辛斯说："小子，你最好能赢了他们，不然的话……"辛斯漫不经心地大笑起来，然后鞭策了舞王朝场地跑去。

"辛斯，加油啊！"我冲着他大喊。我知道，如果辛斯输了，他一定过不了亨利老爷这一关。木屋的人都被拉过来给辛斯加油，梅西也来了。蒂婶婶都快喊破了嗓子。但是，最后是史贝西，吼得比我们任何一个人都响。我不是唯一一个发现这点的人，我发现梅西就在那里，恶狠狠地看着史贝西。

辛斯完全不需要我们的呐喊，因为他稳操胜

券。亨利老爷在不停地吹牛，大家都各自找理由开始离开。

有那么一瞬间，我好像在远方听到了一列火车呼啸而过的声音。我在想，这列火车是不是驶向地下铁路？在我的脑海里，我好像看到了成千上万的黑奴，坐在这列火车上，驶向费城、纽约，还有波士顿。想到这一场景，我忍不住微笑起来。希望有一天，我也可以搭上这列火车。

7月10日

克拉丽莎带着她的两个儿子在这里已经住了六天了。今天他们就要回去了。大家似乎都很庆幸，克拉丽莎终于要带着这两个男孩回家了。早上我服侍威廉和他的两个外甥吃早饭时，听到威廉在说他要自己骑舞王的事情。"如果有一天你骑着它来到我们里士满的房子面前，我们就相信那是你的马。"理查德说。

我希望威廉不要蠢到真的去骑舞王，因为他还无法驾驭它。我该不该告诉莉莉夫人呢？这样可能她会训斥威廉阻止他。

七月的第二个星期一

终于，所有客人都离开了。我们花了一整个早上把客房都打扫干净。真的是热坏了，哪怕天再热，我也还是要去苗圃除草。好在我有辛斯给我的草帽，真的很管用，现在我完全离不开它。

有些虫子咬坏了我种的番茄的藤条。贺玻叔叔教我用烟草叶的汁涂在叶子上，我以前看到过他用这样的方法给他的玫瑰花除虫。于是，我摘了一片烟草叶，放在嘴里咀嚼出汁水。我不小心咽了一点，我的天哪，我的整个脑子都晕乎乎的，开始反胃，两天前的早餐都快要吐出来了。

我从来都没有这么恶心过。难受得要死。那些人怎么能做到咀嚼烟草叶呢？我再也不会这么做了。番茄叶上的那些蠕虫，就随它们去吧。

星期二

　　我看见威廉在马厩那里，好像在自言自语。我觉得，有必要告诉莉莉夫人，威廉说了些什么。

　　"我觉得威廉试图自己骑舞王到里士满去。"我告诉她。

　　"别傻了，克洛蒂。威廉绝不会做那么危险的事情的。"说完，她要我给她梳完头才放我走。也许莉莉夫人是对的，但是不知道为什么，我总觉得威廉还是会去干傻事。

星期四一清早

　　今天一整天我们都在给银器抛光打磨。莉莉夫人会逐一检查我们的工作，每一个托盘、水罐、碗，还有烛台。她发现我擦拭的一个银托盘上有一个很小的斑点，就狠狠打了我，打得我眼冒金星。一般我不怎么被打的，但是每次被她打，我都会和史贝西一样，努力忍着不让她看到我哭。"看来史贝西真的带坏你了。"莉莉夫人说着也甩了史贝西一巴掌。莉莉夫人打得很重，因为她知道我们不能还手。如果有人还手打她的脸的话，我猜下次她就不会动不动就这么用力打我们了。但是我还是要小心，不要总是想着会回击夫人。蒂婶婶说过，如果你心里想着回击，那么你很快就会被赶出去的。而且，如果一个黑奴打自己的夫人或者老爷，那么他一定会被杀死。

第二天晚上

晚饭期间，我和史贝西给亨利一家端上了热面包，给他们倒了水。当我们走进来的时候，亨利老爷和莉莉夫人正好在为要不要给威廉找一个图特①在争吵。每次亨利老爷不同意莉莉夫人的主意，她总会在哪里反驳。

他们之间越吵越凶，史贝西小心地撤走了汤碗，

① 原文英语是"tooter"，作者原意是拼写错误，实则是"tutor（老师）"。

我也端上了炸鸡。莉莉夫人最后还是赢了这场争吵。

晚些时候，我和史贝西、蒂婶婶一起用了晚饭。每次蒂婶婶给亨利老爷做炸鸡块的时候，都会把留下的鸡脖、鸡胗、鸡肝，还有那些从漏网掉出来的鸡肉放在一起再炸一炸，然后烧一碗浓浓的肉汤给我们。配着一些饼干和蜂蜜，真的是一顿丰盛的晚饭啊。

史贝西和我学着莉莉夫人那个装腔作势的口吻，把晚餐时我们听到的事情演给蒂婶婶看，她笑得都直不起腰了。史贝西学莉莉夫人的语气真有一套，她掐着嗓子说："天哪，他这样会成为我们门罗家第一个进不了奥弗顿公学的人。"

我接着史贝西的话演亨利老爷，"我决心了，威廉不需要图特。"然后我学老爷那样放屁，还抬起一边的屁股，好让气体跑掉。

"你们这俩丫头呀。"蒂婶婶摇摇头说，拿起了洗碗巾，吹灭了厨房的蜡烛。我把我用稻草扎的小床展开放在史贝西旁边。

"有谁知道，图特是什么意思吗？"我已经憋了很久，等适合的时机来问这个问题。但是没有人知道。

我只能先把这个词记到我的生词本里。我约莫猜想，这可能和威廉的学校有关。我只是在想，这是不是意味着，我以后就不能再偷偷跟着学习了呢？

后来的一天

一整个晚上我和史贝西都在大房子的花园里帮贺玻叔叔忙。我们帮着他把一些旧布条捆在一起，然后挥动起来，发出嘘嘘声，来赶跑那些野牲畜。他给我们讲一个会说话的蜘蛛人的故事。贺玻叔叔说，这些关于蜘蛛的老故事，都是他的母亲讲给他听的。他说，他的妈妈是从非洲来的。他说，有一天，白人来攻击他们，用一张大网盖在她和其他的一些女孩身上。然后把她们带到了一艘大船，漂洋过海，把她们带来了这里。他告诉我们，我们到底是怎么过来的。我们是从非洲，坐着白人的船来到这里的。

我曾经听蒂婶婶说起过一个叫贝拉的非洲女人。贝拉教了蒂婶婶用树根做成草药来治病，还有如何接生。我从来没有见过一个人是土生土长在非洲的，虽然我很想能认识这样的人。

1859年7月18日，星期一

　　我终于知道图特是做什么的了。是家庭教师。莉莉夫人今天一笔一画地写下来教给威廉的。他是一个老师，在威廉上课的时候，听莉莉夫人告诉他，他的家庭教师名字叫作伊利·汉姆斯，他将在八月到这里给威廉教书。他是从华盛顿来的。我从威廉的课上知道，我们国家的总统就住在华盛顿的一栋白色大房子里面。不知道这位汉姆斯先生是不是认识总统。

　　莉莉夫人说，这位家庭教师会住在大房子里面，他的工作就是教威廉读书。我希望到时候，他们上课时，还是会派我来扇扇子，这样我就能继续学习了。

星期三

　　之前那几天，夫人差我和史贝西两个人帮她打扫她自己的房间。我们在那里忙活了好久，擦地板，把地毯里的灰弹掉，把靠垫拍蓬松，重新把枕头套进枕套里。

一天结束后，夫人把我叫到她边上。"你知道，我和你妈妈以前很要好。"她说，"你很聪明，就像你妈妈一样聪明。"

"那么您为什么还要把她送走？"我也不知道自己怎么了。蒂婶婶说得没错，如果你满脑子都想着一件事情，那么你最后一定会脱口而出的。好多次，我都很想问莉莉夫人这个问题。现在，我还是不敢说。这些字只是从我嘴巴里不由自主地蹦出来。我只是好奇，她怎么没有打我，她只是给了我一个警告。"克洛蒂，不准无礼！"然后她观察着我的脸。我很确定自己把眼睛转向了窗户，不然她一定能看到我的脑子里面盘旋的那些字母和词。于是，我又闭上了眼睛，害怕得不敢动。

"是呀，你和其他那群人不一样。我实在不知道你那只小脑瓜子里面到底藏了什么。只是我很好奇。"

莉莉夫人看上去很可怕，就像噩梦一样。

后来

后来我发现，莉莉夫人许诺史贝西，如果她能告发我的事情，莉莉夫人就会送她那块四角有紫色和黄色紫罗兰图案的白手帕。

"我才不会告密呢，"史贝西说，"而且，我从来没见过那么难看的手帕。"

这么看来，莉莉夫人现在在观察我，她一定对我有所怀疑了。我相信史贝西绝对不会出卖我。但是莉莉夫人还去问过谁呢？我写下了"危—险"，我看到了莉莉夫人的脸。

星期四

起码，我还是从莉莉夫人的课上学到东西了。我今天终于知道，从来没有"知—道—过"这种说法，我们要说"知—道—了"。① 我以前从来都不知道，我

————————
① 原文英语是"knew"知道的过去时，作者原来使用的是"knowed"语法错误。

现在知道了。

七月的第四个星期六

发生了一件很可怕的事情，我就知道，我就知道！威廉骑着舞王离开了家，朝着里士满跑去了，他就是为了炫耀。

一等到辛斯和亨利老爷离开大房子出去赛马，威廉就跑去找贺玻叔叔，告诉他，是亨利老爷准许他骑舞王的。我告诉过莉莉夫人威廉想要做什么，但是她不相信我。之后，贺玻叔叔就帮威廉套了马鞍。我们最后见到这个男孩，他已经从马厩里面冲了出去，跑向了大道。我感觉糟糕透了，觉得要出事了，而且我们都会遭殃。

第二天清晨

莉莉夫人派鲁弗斯和其他所有骑手冲出去去追威廉，但是在我们郡，没有一匹马是能够跑过舞王的。

我们唯一能做的只是等。没过多久，这匹马就沿着大道小跑回来了，后面拖着威廉，就像拖着一个沙袋那样。很明显，威廉从马上摔下来了，但是他的脚还是被挂住了。

我已经记不清之后发生了什么了。有人跑去找兰博医生，但是医生最快也要两个小时以后才能到贝尔蒙特。同时，蒂婶婶想尽一切办法来帮忙。我和史贝西一直就守在威廉的房间里，随时准备帮忙去拿医生要的东西。

我听到莉莉夫人问："他会死吗？"我不停地祈祷威廉少爷能没事，虽然我希望上帝能原谅我自私的心思。我之所以祈祷威廉活下来，是因为我知道，如果他死了，亨利老爷不会放过我们任何一个人的。

"哦，他会没事的，"医生说，拍了拍莉莉夫人的肩膀，"他会活下来的，威廉是个坚强的小东西。"听到这话，我松了一口气。莉莉夫人的肩膀也放松下来。她看了我一眼，有那么一瞬间，我直勾勾地盯着她的眼睛看。我马上把头低下来，因为我们是不可以直视老爷或者夫人的。但是就那么一瞬间，我好像看到了什么。我看到了她知道了，我知道我已经警告了她威廉会做这些危险的事情，但是她自己却没有理会。她可能也在想这件事情。

"但是，"兰博医生补充道，我们都屏息听他接下来要说什么，医生的脸上愁云幕布，"我不确定，威廉以后是不是还能走路。"

莉莉夫人真的昏过去了。我的脑海里面充斥的只有等亨利老爷回来了，我们大家都死定了。

1859年7月25日，星期一——那天晚些时候

亨利老爷一回来听到了威廉的事情后，就直接跑去马厩，一枪打死了舞王，就用了一粒子弹，直接打中了马头。好像他这样做，威廉就会好起来一样。那一整个晚上，我们都能听到辛斯在哭泣。

后来老爷跑来找贺玻叔叔，在他的眼里，威廉发生的一切都要怪贺玻叔叔，所以他要来杀了他，就像杀那匹马一样。我和史贝西已经被告知，发生这样的事情，我们最好不要待在边上。于是我们待在厨房上

面的房间里，紧紧抱着彼此，关注着厨房里发生的一切。我们吓得不停发抖，却又不敢哭出声音。

可怜的贺玻叔叔，想要解释那天发生的一切，但是亨利老爷什么都不听，只是用枪管不停地猛打贺玻叔叔的头，我听到这些猛击声，都盖过了蒂婶婶的哭叫声。贺玻叔叔倒在地上，亨利老爷踢了他一脚，用枪指着这位老人的头。

"不要杀他，求您了。"蒂婶婶不停地求老爷放过她的丈夫。出于某些原因，最后老爷并没有扣动扳机。其实他也不需要扣动扳机了，因为一个多小时后，贺玻叔叔就死在了蒂婶婶的怀里。他强壮的心脏，就这样停止跳动了。

后来

当他们向亨利老爷汇报了贺玻叔叔的死和其他一切经过之后，亨利老爷来到厨房见蒂婶婶。他跑来说："我有一点气过头了，我不是真的想要杀他的。你要明白这点。"

蒂婶婶什么都没有说，老爷就抬高了声音，语气里带着生气的口吻说："我的孩子就在那里躺着，以后都不能走路了，都是因为这个老家伙让他骑舞王。他就该被指责。他早就该知道不可以这么做的。"

指责？亨利老爷从不关心真相到底是什么。他只是选择了他想要的真相而已。真相是，亨利老爷才是那个应该被指责的人。是他把舞王带回贝尔蒙特，并把它当众送给威廉的。老爷当然可以假装一切都是贺玻叔叔的错，但是，我却永远都不会相信，因为我知道真相。

"现在，你给我听好了，"亨利老爷说，他用手指着蒂婶婶，"我不希望你把贺玻的事情怪在我的头上，听明白了没？那个老家伙死了，不是我杀的。"

蒂婶婶直勾勾地盯着她的老爷看，看了很久，好像这是她第一次看到他那样："你不用担心，我不会给你下毒。我才不会做那么卑鄙龌龊的事情。"

鲁弗斯告诉我们，要恨罪恶本身，不能去恨带来罪恶的人。我真的非常憎恨奴隶制，但是有时候，真的很难不去恨像亨利老爷这样的奴隶主。

我们在今天清晨举办了贺玻叔叔的葬礼。在必须回到田地或者厨房前，我们来到这里和贺玻叔叔告别。在我眼里，他就是一个疼爱我的爷爷。

木屋那边的妇女们昨天晚上就来帮蒂婶婶，擦拭贺玻叔叔的遗体，为葬礼做准备。男人们则去墓地挖了一个墓穴用来安葬贺玻叔叔。今天，木屋里所有的人，都过来和我们坐在一起，唱歌，祷告。鲁弗斯讲述了关于死亡的平静，再也没有了苦难，再也不用忍受伤痛。我在贺玻叔叔的遗体边上扇风，不停地将苍蝇赶走，一上一下，一上一下。之后，我壮着胆子碰触了他的遗体。我以前从来都没有碰到过死人的身体，因为在我看来这很可怕。其实没有。可怜的贺玻叔叔，他的身体是那么硬，那么冷。这和他活着的时候一点都不一样。那个曾经的贺玻叔叔，现在一定已经飞去了天堂。

后来等到蒂婶婶说她准备好了，我们用一张干净的白布将贺玻叔叔的遗体包裹起来，把他放进马车，送到种植园的墓区。在那里，葬着莉莉夫人家的人，她的父亲，她的母亲，她的祖父。莉莉夫人来了，她在那里无动于衷，也没有哭泣。亨利老爷却压根不屑来出席葬礼。怎么会有人觉得，和这样的人生活在一起，叫作幸运？

我们轻轻唱起了一首歌——

我还在河边
等待着我的救世主
等着他来到我面前
带我回家，回家
永远与主同在

鲁弗斯讲起了贺玻叔叔的一生，说他是一个多么善良的好人，说他以前的生活。我能感觉到滚烫的泪水从眼睛里流出来，脑海中想着如果亨利老爷没有杀死他，贺玻叔叔还是会好好地活在我们身边。

蒂婶婶看上去正在沉浸在她的回忆中，却一滴眼泪也没有流。她的眼泪已经哭干了。对于辛斯来说，这一切也很艰难。贺玻叔叔在他眼里，也像爷爷一样，他就是我们的爷爷。史贝西想尽一切办法来安抚我们，哪怕她自己也很伤心。

所有人都说，贺玻叔叔终于自由了。可是为什么，我们要等到死后，才能获得自由？为什么我们不能自由地活着呢？

星期三

自我记事起，今天，蒂婶婶第一次星期三没有做炸鸡，没有炖土豆。我也不是唯一一个注意到这件事情的人。

星期四

我努力将之前几天发生的事情，一件件拼凑起来。实在没有时间来悲伤，因为我们的工作永远不能停下来。亨利老爷要他的食物按时送到餐桌上，莉莉夫人要她的房子干净明亮，她的床铺是铺好的，她的浴缸里有热水，然后就这样反反复复，反反复复，她要我们做的事情，永远没有个头。

蒂婶婶非常想念贺玻叔叔，她伤心欲绝，一直在那里默默地吟唱——

帮帮我，帮帮我，帮帮我，基督
帮帮我，帮帮我，帮帮我，上帝
主啊，你知道，我没有办法，
没有办法独自跨过这个山脉，
帮帮我，帮帮我，帮帮我，基督
帮帮我，帮帮我，帮帮我，上帝

没有人生来该是奴隶的。如果奴隶可以做废奴主义者，那么我一定要做其中一个，因为我痛恨奴隶制度，我希望以后再也没有奴隶制度。

星期五

每次当我写下"花—朵"时，我都会想起那个种出漂亮的红玫瑰、给我讲好玩故事的老人。

晚饭后，我和史贝西沿着贺玻叔叔的花圃一路往前走，一直走到河边。花圃里的向日葵此刻都转向了月亮。我记得以前贺玻叔叔一直叫我向日葵小姑娘。因为他说，我的脸上一直充满阳光，好像我一直都向着太阳的方向。我轻轻抚摸着我的"小不点"，这是贺玻叔叔送给我的生日礼物，我一直都把它放在围裙的口袋里面。我很喜欢手指抚过木头那细滑的感觉，我知道贺玻叔叔也很喜欢。想到这些，我不由自主地笑了。史贝西找到了一片四片叶子的三叶草。传说四叶草会带来幸运。我们很希望能在这里找到幸运。

星期六

史贝西和我一起给莉莉夫人的浴室抬热水。完了之后，她把史贝西支开了，却把我留下来给她扇风。我就照做了。

"克洛蒂，这里会发生很大的变化，但是我会照顾你的，你不用担心。只要你向我保证，关于你之前和我讲的威廉的事情，你不会说出去半个字。我从来没有想到，威廉竟然真会去做那么傻的事情。傻透了！"

我猜莉莉夫人一定很担心，万一亨利老爷发现了我之前已经和她讲过威廉计划要去骑舞王，但是她却什么都没有做，没有阻止他这件事情，老爷一定会气疯的。现在，她只是想用一些好处让我闭嘴。只是，这里究竟会发生什么事情呢？莉莉夫人又会怎么帮我呢？想到这些，我的心里面就很不安。

两个星期后

我在亨利老爷的书房里看到了今天的日期，现在已经是八月了。今天是 1859 年 8 月 10 日。从上次记日记到现在，实在发生了太多事情了。我知道有些事情会发生，但不知道具体是什么。的确，亨利老爷改变了这里的一切，真的是一切，现在，没有什么是和以前一样的了。

首先，他把蒂婶婶从厨房赶出去了。他说他再也不能相信蒂婶婶了，因为贺玻叔叔的事情，他总是担心蒂婶婶会给他下毒。他把蒂婶婶打发去了木屋，专门照顾那里的婴儿。更糟糕的是，他把艾娃·梅调到厨房来做他的新厨娘。

更有甚者，梅西接替了史贝西的活，因为史贝西也被赶到田地里面去帮忙了。我还是留在了厨房，做我以前做的事情。我猜，这个就是莉莉夫人所谓的她会照顾我吧。只是，我宁愿和蒂婶婶一起去木屋，也不想和莉莉夫人待在一起。

对于被赶去田地里面劳作，史贝西一点都不感到难过。她说，她只是会想念和我在一起的那些晚上，我们的夜谈。我也会想念那些和她一起仰望星空，一起聊天的时光。我会想念那个走路笨拙，一直跌跌撞撞的她，还有我们经常互相取笑。没有了她，在大房子的生活就再也不会和以前一样了。

我最最担心的是蒂婶婶。这就是她这么多年辛辛苦苦干活的回报。老爷才不会在乎，她在这里干了多久，做得有多辛苦。他们是我们的主人，所以他们想要我们干什么都可以。这就是作为一个黑奴最悲哀的地方。你永远都做不了自己的主。

八月的第三个星期一

所有人都知道，艾娃·梅烧的饭，水平真的不及蒂婶婶一半。只有她自己相信她做的饭和蒂婶婶一样好吃。

当莉莉夫人拒绝蒂婶婶带走那只旧铁床时，我真的很失望。那只旧铁床，蒂婶婶和贺玻叔叔已经用了很久了。那是莉莉夫人的祖父送给贺玻叔叔的礼物——因为他那么多年的工作。现在，莉莉夫人由着艾娃·梅和梅西睡在上面。蒂婶婶已经年纪一大把了，怎么能让她睡在草席上呢？希望等到废奴主义者结束奴隶制度的那一天，每个人都能拥有一张床来睡觉。我不知道，有一天我能否见到一个真的废奴主义者。

第二天

一匹马和一辆马车转进了大门，疾驶进来。每当我写下"陌—生—人"这个词的时候，我的脑海中都会回忆起伊利·汉姆斯先生驾着马车驶向主道时的样子。那个家庭教师来了，我真的迫不及待地想要知道他是一个怎样的人了。

又是星期一

这位家庭教师已经来了一个星期了。他的脸上布满了雀斑，红色的头发乱糟糟的，从帽子的两边窜出来。看上去，他就像是用各种人的部分拼凑起来的。他的牙齿中间有一条很大的缝隙，比起他胖胖的身体，他的胳膊和腿又显得实在太过纤瘦。我猜不出他有多少岁，但是透过架在他鼻梁上的厚厚镜片，他的眼睛看上去非常年轻。我猜他大概有二十五岁左右吧，最多上下两岁。

莉莉夫人一个劲地道歉，说居然没有人——没有一个人提前通知汉姆斯先生不要过来了，因为威廉的事故。汉姆斯先生说话时用了许多非常新潮的词，不过最后，晚餐后，他还是让亨利老爷和莉莉夫人让他在贝尔蒙特留下来了。

我很庆幸，因为如果威廉的学习中止了，那么也意味着我也不能读书了。麻烦是，我不知道，汉姆斯先生会是一个什么样的老师。

当天晚餐后

厨房里真的乱得一塌糊涂！艾娃·梅总是用自己的方法、自己的食谱烧饭。当我试图告诉她以前这里是怎么样的，她就叫我闭嘴："现在我是这个厨房的主人了。"好吧，我决定就让她去了，我做我该做的，一句话都不说，就像她要求的那样。

那个星期的后面几天

兰博医生来给威廉复诊，说他已经恢复得差不多了，可以重新开始学习了，每天先从一个小时开始，再慢慢逐步加时间，这样对他比较好。汉姆斯先生的第一节课，就在今天，在威廉的卧室里。我站在我的位置准备给他们扇风。

"你为什么在这里?"汉姆斯先生问,透着他眼镜的上面,他盯着我问道。

威廉向他解释,我是在这里负责扇风的。汉姆斯先生说,他们不需要扇风的人。我的心一下子掉到了谷底,还好威廉抱怨天气很热,不然我的学习也就此结束,没有希望了。于是汉姆斯先生让我留了下来。第一次,我发现我那么喜欢威廉的抱怨。

几天以后

晚餐后,我去蒂婶婶在小木屋的房间,去看望她和史贝西。蒂婶婶还是老样子,只是这一切对于蒂婶婶来说实在太难了,先是失去了贺玻叔叔,然后又失去了工作。

她们俩住在一个非常小的木屋里,楼板上积满了灰尘,没有床,只有一扇关不上的门。好在木屋那里的人们以前都被蒂婶婶照顾过,这么多年以来,蒂婶婶一直帮大家照看着他们的孩子,也照看着他们自己，而现在，他们也用同样的爱和善良来回报蒂婶婶。虽然他们自己都没有什么东西，但是但凡他们能拿到什么，他们就愿意分享给蒂婶婶。

我从厨房顺手拿了几片放了很多天的面包和一些剩菜饭给他们做晚饭。我告诉她们艾娃·梅和梅西的改变。她们对莉莉夫人总是阿谀奉承，一直对着她露出讨好的笑，希望得到她的重用。在我离开前，我告诉蒂婶婶，我之前就警告过莉莉夫人关于威廉的事情，但是她不听。"她一定害怕我去告诉亨利老爷。"蒂婶婶点点头表示同意。她拉着我，把我抱在胸前，轻轻说："孩子，你要小心啊。如果对她没有什么威胁了，莉莉夫人绝对不会再来保你的。除非她能再在你身上找到利用价值，否则，她一定会想尽办法把你除掉。她会利用现在厨房里面的那两个来帮她。为了博得莉莉夫人的信任，艾娃·梅和梅西一定会把她们知道的所有秘密都告诉莉莉夫人，如果没有，她们甚至都会去编一些。你一定要小心，千万要注意，也祈祷上帝保佑。"

现在，我真的要非常、非常小心了。特别是关于我会写字，我会阅读这件事情。莉莉夫人正想抓我的把柄。现在，我终于明白，当丹尼尔困在狮子洞穴里的时候，是什么样的感受。

星期四晚上

晚上我突然惊醒，出了一身汗。我梦见了妈妈。只是这样的梦，我以前从来没有做到过。梦里面，妈妈站在汉姆斯先生的身边。先生朝着我微笑，就在这个时候，妈妈对我说："一切都会好起来的，我的宝贝女儿，一切都会好起来的。"

鲁弗斯说，上帝有时候会在梦里面出现与我们说话。如果真的是这样，那么上帝到底想要和我说些什么呢？

八月的最后一个星期一

日历上说今天是 1859 年 8 月 29 日。

汉姆斯先生上课时带了一本书来，可是威廉不要读。汉姆斯先生什么都没有说，只是把书打开，然后开始朗读："很久以前，有一个遥远的地方叫作格雷兹，那里住着一位伟大的英雄叫作赫尔柯雷。"

我知道约翰·汉比老爷的一个黑奴的名字就叫赫尔柯雷，就住在附近的一个种植园。他也是一个身强力壮的人。但是这个故事讲的却不是他。

汉姆斯先生告诉我们，在很久以前，赫尔柯雷如何杀死一条巨蟒。然后，这位老师就停了下来，合上书，不再多说一个字，走了出去。

"后面还有，说下去吧。"威廉叫出声来。

"明天。"汉姆斯先生说。

我也等不及想知道接下来的故事呢。

九月的第一天

上个星期，在温彻斯特有一场很大的赛马比赛，辛斯赢了比赛。他一回来就跑到厨房来找我，告诉我比赛发生的所有事情。辛斯一进来，梅西就立马坐到他旁边，好像辛斯是来特地找她的。辛斯当着梅西的面问我，史贝西去哪里了。我很高兴地告诉了他。

星期一

现在，汉姆斯先生每天上课前都会讲当天的日期，几几年几月几日，星期几。今天是 1859 年 9 月 5 日，星期一。这样，我每次写日记都能把日子记清楚了。

1859年9月6日，星期二

威廉现在就像汉姆斯先生手里一只乖乖就擒的小鸟。我承认，这个男孩现在正在阅读，而且他喜欢阅读。我也从汉姆斯先生那里学到了很多。每次说正在发生的事情，我都会加上"正—在"了，不像以前我只会说"正"。因为汉姆斯先生纠正了威廉，不再说"正说话""正走路""正唱歌"。应该是"正在说话""正在走路"。我记了下来，虽然有时候我还是会写错。①

---

① 英语进行时态，应该加"ing"，之前因为莉莉夫人的教学，只写了缩写"in'"。

1859年9月7日，星期三

汉姆斯先生现在已经开始掌控着威廉白天的日常作息。木屋那里每天都会来两个男人，早上跑来帮威廉洗澡、穿衣服。一个人抱着威廉到楼下放在他的轮椅上，吃早饭。之后，我们就开始了学习，在早上最凉爽的时候，但即便这样，还是热到需要有人扇风，那个人，就是我。之后就是午饭时间，几乎每次午饭，威廉都会和汉姆斯先生在一起吃。之后，威廉就听汉姆斯先生读书给他听，或者有时候他们在一起打牌，或者玩一种叫作象棋的游戏。晚上，威廉则和他的父母亲在一起，但是绝大多数的时间，他的父母只是在那里争吵。所以，他通常很早就回去睡觉了。

1859年9月8日，星期四

昨天深夜，我偷偷溜出去写日记。突然我听到有树枝被压断的咔嚓声。有人来了。我喊了一声，问对方是谁。梅西回答了我："你在那里干什么？"

当时我正坐在我的日记上。我告诉她，太热了，我睡不着，所以来这里看星星。

"你为什么总是要跑到厨房后面来？"

梅西总是要刨根问底。"因为我喜欢这里，在这里，我可以看到河流，看到星星。"

看来，我在厨房后面的这个藏身之地，已经不再安全了。我需要重新找一个更加安全、更加隐秘的地方。

1859年9月9日，星期五

自从贺玻叔叔死了之后，就再也没有人像他那样打理花园了，现在的花园看上去有点残败。我在玫瑰花丛里清理了一些野草。但是，这里还是不能变得和以前一样。我很想念他，有的时候，我一回转就会不由自主地想要和他说些什么，才发现，他已经不在那里了。他永远都不会回来了，就像妈妈那样。

哎，是啊，我从汉姆斯先生那里听到，应该说转身，而不是回转。是"有些事情"，而不是"有些事青"。从汉姆斯先生的课上，我学到的东西远比从莉莉夫人那里学到的多。

不过有一件事情，我觉得汉姆斯先生和莉莉夫人很不一样。但是我怎么也说不上来。比如，他从来不会正面看我，好像把我当作空气一样。

1859年9月10日，星期六

我尝试从亨利老爷书房的垃圾堆里能翻出一些和废奴主义者有关的东西，或者和那个地下铁路有关的。但是什么都没有。我找不到一样东西能够帮我理解那些生词本里面的单词。所以，现在每当我写下"自—由"的时候，我的脑子里依旧是一片空白。但是，我还是时刻睁大着眼睛，时刻关注着一丝一毫的信息。

1859年9月11日，星期天

自从蒂婶婶被赶出厨房后，她就一直很消沉、很伤心。只要能够让她重新开心起来，重新露出笑容，让我做什么我都愿意。我想，也许就因为这样，我今天才做了一件那么傻的事情。当我去木屋看望她的时候，在我们聊天时，我拿起了一根小木枝，在积满灰尘的地板上写下了字，"猫"，是"猫咪"的"猫"。

我都还没有来得及眨眼睛，蒂婶婶就已经一个巴掌打过来了。她打得那么用力，我只能抓住桌子才不摔下来。甚至连莉莉夫人，都没有这样打过我。蒂婶婶立马用脚把地上的字擦掉。终于，我的脑袋不再因为她那一巴掌而晕乎乎了。蒂婶婶的眼睛里面看不到生气，我只能看到恐慌。

"你知道如果主人发现他们的黑奴会识字，结果是什么吗？"蒂婶婶严肃地压低声音问我。

我知道，会被打，甚至于会被卖到更远的南边。我很难让她理解，我这么做只是因为我信任她。我知道她不会告发我的。

"我不想被人信任。"蒂婶婶说，差点要哭出来了，"你看看我，相信别人，给我带来了什么？我相信亨利老爷会善待我的，就好比我对他很忠心一样。

可是你看，看看我现在，结果根本不是你希望的。信任把我带到了这里。孩子，你是从哪里学来这些字的？"

　　我实在不敢再告诉蒂婶婶真话了。我决定继续守着我的秘密："我自己胡乱学的，就这几个字而已。"

　　蒂婶婶紧张得呼吸都停住了，她的牙齿都在发抖。她的脸上布满了愁云。"千万不要自己给自己惹麻烦了，"她说，轻咬她的嘴唇，每次她一紧张她就会这样，"千万不要再告诉任何一个人你会这些东西，听到了没有？"

　　此刻，我终于下定了决心。我绝对不会和第二个人讲我的秘密，绝对不会了。

1859年9月12日，星期一，下课之后

　　现在，我觉得汉姆斯先生察觉到什么了！我又给自己找麻烦了。

　　当时他和威廉正在一起读一部剧作。就像平时那样，我站在他们身后，给他们扇风，一上一下，一上一下，然后也跨过他们的肩膀，偷偷读着书上的内容。威廉在读到"生活环境"这个词的时候停住了，他一下子没有认出来。我读这个故事实在太入神了，差点都忘记自己在哪里了。突然，我就脱口而出，"生——"。还好我及时停住了，但是还是说了一个字。

汉姆斯先生猛地回头看向我，盯着我看。我看到他的嘴巴微微张开，好像非常惊讶："你刚才说什么？"

"生——是的，先生？嗯，我是说，先生，先生？我能走了吗？拜托。"还好我反应快，是上帝让我灵机一动，想到了这个回答。

汉姆斯先生低头看回他的书，又抬头看了看我，看了看我站的地方。他告诉我，我可以离开房间了，但是他还是问了我的名字。他知道——他知道！天哪，天哪！我到底该怎么办？

1859年9月14日，星期三

我想，也许是我想太多了。汉姆斯先生未必知道我的秘密。他后来什么都没有说，在他们上课的时候我也还是待在这里帮他们扇风。我停了好几天，没有过来写字了。因为我太害怕了，我甚至害怕靠近我藏日记的这个秘密地方。我总觉得梅西经常在那附近走动，又或许汉姆斯先生真的察觉到些什么。

1859年9月15日，星期四

每天从烟草田劳作完回来，史贝西看上去都非常累。但是她说，那些烟草叶子并不会打她骂她，也不会让你一个晚上不睡觉在那里干活，或者打发你做这做那。看得出来，比起在大房子工作，史贝西更喜欢在田地里面干活。

梅西却很喜欢大房子。她对老爷房子里面那些闪闪发光的漂亮东西都非常着迷。每次她都会在房子里面一边走，一边摸着这些东西大惊小怪，时不时地发出惊叹的声音。在打扫的时候，她太过于关注那些漂亮的东西，而变得非常粗心，常常会漏掉一些斑点没有擦掉。为了免得我们俩一起被骂，我总是要跟在后面帮她重新擦拭。

每当我告诉梅西她哪里做得不好、要注意的时候，她就会像刺猬一样一下子变得很生气，还会凶狠地冲着我大叫："你以为你很可爱吗？别让我恶心了，你每次都装着说那些冠冕堂皇的好话。算了吧，你只是长得很瘦而已，小东西，别以为你有资格来说我笨！"我从来都没有说过她笨，哪怕我心里面的确是这样认为的。而且我从来都不会说虚伪的好话。

但是到了晚上，她又跑回来想要和我做朋友。她总是问我关于辛斯的事情。对于这点，我已经应付自如了。每次我都会说："你为什么不自己去问辛斯呢？"真的很难想象，我们以前居然是朋友。梅西，我还是要小心她一些。

1859年9月19日，星期一

苹果的丰收季节差不多要过去了。那些高个子男人负责将苹果从树上敲下来，而我们则守在树下面把苹果收起来。今天，我被分配和一个成年的妇女一组，一起将苹果按照大小分类放到不同的篮子里面。我不喜欢做这一类的活儿，但是我喜欢听她在干活时讲的各种故事，还有一些她记得的以前的事情。特别是当她给我讲到一些和妈妈有关的故事时，我就特别开心。

1859年9月20日，星期二

今天我找到了一个绝佳的地方来藏我的日记，那是一个树洞，就在果园那里。我觉得我到果园这边来应该不会被人发现。原本在厨房后面的那个藏日记的地方，现在变得越来越危险了。我更加怀念贺玻叔叔还在时，蒂婶婶管理整个厨房时的样子。比起现在，那个时候真的少了很多麻烦。

当天晚些时候

今天晚餐过后，梅西突然跑来，嘴巴上像抹了蜜糖一样和我说："我们已经做了那么多年的好朋友了，但是我发现我完全不了解你。"

她这是什么意思？她肯定了解我啊。

"我当然知道你的名字，"她接着说，"我知道比起饼干，你更喜欢吃玉米面包。我知道你喜欢红色多过绿色。我知道你经常喜欢一个人待着。但是，我还是不了解你呀，克洛蒂。比如，什么事情会让你开心，什么事情会惹你哭泣？你和其他人不一样，你与众不同。我好想知道，什么让你变得如此不同呢？"

我以前听莉莉夫人说过一样的话，她也说我和别人不一样。看来，梅西是她派来追根问底的。

"朋友之间是会分享秘密的。"梅西的语气变得那么友善甜美，"你有什么秘密想要和我分享吗？"

"没有。"说完，我就立马从她面前溜走了。梅西就是一个奸细，是莉莉夫人派来的。我就知道。

1859年9月21日，星期三

如果汉姆斯先生能够像梅西或者艾娃·梅一样容易看懂就好了。汉姆斯先生身上总有一些东西让我看不透。他的长相很奇怪，行为有的时候也很奇怪，于是人们反而不太会注意到他。大家并不会时刻去关注汉姆斯先生看了什么，说了什么，做了什么。但是我会。

就在几分钟前，我还看到汉姆斯先生站在果园的边上，远远地望着树林，望着河流的另一边。他只是就这样望向远方。我突然感到很紧张，因为我的日记就藏在离他没多少米的地方。看来，我需要重新再找个地方了。

自从上次之后，蒂婵婵就再也没有和我讲过关于我学写字的事情了。史贝西告诉我，她也经常看到汉姆斯先生在那里看着他们在田里劳作。只是在那里看着他们劳作，什么也不说。

1859年9月26日，星期一

我把草席铺在了外面睡。天上的星星是那么明亮，我都能感觉到它们在眨眼睛。但是今天，我却听到鲁弗斯的歌声，他低沉的声音顺着晚上的微风飘了过来。

偷偷溜走

偷偷溜走

偷偷溜回到家里面去……

突然，我好像看到汉姆斯先生正朝着木屋走去。我不知道他这是去拜访谁。恩，的确，有时候白人男人会趁着他们的妻子和母亲不注意的时候，偷偷溜到木屋去。天哪，可是，汉姆斯先生看着不像这样的人呀。

1859年9月27日，星期二

今天早上，莉莉夫人出发去里士满看望她的女儿克拉丽莎。每年九月她都会去，一去就去好几个星期。每到这个时候，我们这些在大房子工作的人就会特别开心。

以前她每次都会带上威廉，今年她也曾经答应过会带我去的。但是威廉今年是铁定去不了了。不知道为什么，莉莉夫人这次带了梅西，却没有带我。终于，在她俩走之后，我可以喘一口气了。最近这段时间，我几乎时时刻刻都和蒂婶婶还有史贝西待在一起。哪怕艾娃·梅威胁说她一定会向莉莉夫人告状，我也不管了。

1859年9月30日，星期五

　　莉莉夫人一走，亨利老爷就出去运动了，他要等到星期一才会回来。威廉在家里，但是他现在正在自己的房间睡觉。汉姆斯先生也睡下了。当所有人都离开后，贝尔蒙特就变成了我们最佳的扮家家的地方。

　　史贝西和我悄悄地溜到莉莉夫人的卧室。我们拿出她的首饰、围巾还有帽子。我们坐在她的书桌前，上面有各种漂亮的纸、钢笔还有用不完的墨水。我偷偷拿了一些，足够我之后能用很久。

　　突然我们听到外面院子里面的声音。一开始我们以为是家里面某条狗或者树林里的野熊发出来的。我们马上从床上跳下来，跑到窗边。

我们看见鲁弗斯在一棵棵树之间悄悄跑过，然后朝着木屋的方向跑去了。刚开始，我们还以为他只是在树林里抓负鼠。但是后来没过多久，我们却看到汉姆斯先生悄悄地从树林的另一边出来。我们看着他借着树荫一点点往外走，直到走到了大房子这里，走进了屋子。我们屏住呼吸，一直等听到了他的脚步声经过大门最后经过大厅回到他的房间，我们才松了一口气。

我们悄悄地把东西收好，将莉莉夫人的房间恢复原样。

这么晚了，汉姆斯先生和鲁弗斯到树林里面到底在干什么呢？

1859年10月3日，星期一

这些天我一直都待在木屋这里陪蒂婶婶。她在照顾诺亚和一些其他还不能开始工作的小孩。当乌珂过来抱走诺亚的时候，我们终于有机会好好聊上天了。乌珂并不能一直见到她的丈夫，从结婚到现在，她只见到过他两次。好像，她的丈夫爱的是他们种植园里的另一个姑娘，他想娶的也是那个姑娘。乌珂变了很多。她看上去一直都郁郁寡欢的。

我告诉她梅西现在的作为，乌珂却告诉我，她一点都不惊讶。"梅西一直都很梅西，她很自私。"当我们一起长大的时候，我从来都没有机会知道梅西的另一面，但是乌珂因为天天和她在一起，所以自然知道。"但凡我得到了些什么，哪怕是很小的东西，梅西都会想要。她会跑来激怒我，说因为我先结的婚，所以我要让给她。可是，我一点都不介意她比我早结婚啊。"

后来，我们待在蒂婶婶的小木屋里，一起唱歌，一起讲故事，就和以前一样，我和史贝西甚至一起缝被子。

1859年10月4日，星期二

汉姆斯先生今天纠正了威廉，要说"因—为"，而不是"应—为"。我也学到了。

后来我替辛斯把他的饭菜送到马厩。我们说了好一会儿的话。和辛斯一起聊天是很有意思的。话就这样不经大脑地直接从我的嘴巴里蹦出来："你有没有想过逃跑？"

辛斯想了好久，然后轻轻地说："有时候会。"

"如果有一天你自由了，你想要做什么？"

"我想，如果有一天我自由了，我会去当一个赛马骑手。每场比赛我都押自己赢，然后就能不停地赢钱，一直等到我攒到了足够的钱，来赎你们所有人——史贝西、蒂婶婶，还有你克洛蒂。那就是我想要做的。"

当周围没有人的时候，我还是会拼写"自—由"。可是，我眼前还是什么画面都没有。

当天晚些时候

艾娃·梅果然去告状了。她告诉亨利老爷，说我最近都不好好待在厨房里，却一直往木屋那里跑，一直去蒂婶婶那里。亨利老爷在我们服侍他吃晚餐的时候说给我听了。

"蒂婶婶就像我的妈妈，"我说，"我想要和她住在一起。"

"你想要住到木屋那里去，和蒂婶婶住在一起？好吧，你的女主人对这个有什么意见吗？"

"我还没有问过她。"

"等她回来的时候，你自己去问她。看她怎么说。不管她怎么说，我都没有意见。你反正是她最喜欢的。"

我？我从来不觉得自己会被莉莉夫人喜欢，除非她想利用我帮她干些什么。

1859年10月5日，星期三

今天亨利老爷吃了艾娃·梅做的炸鸡后，气得脸涨得通红。他说这是他吃过的最难吃的东西。在我看来，他罪有应得。

1859年10月6日，星期四

今晚，史贝西拉着我的手，带我去一棵底部有大洞的树那里。当我发现这是我藏自己日记的地方时，我的心脏都要跳出来了。她发现了我的日记？突然间，史贝西脱口而出说，她有一本书。为了证明，她走到树洞那里，挖出了她的一本《圣经》。我的日记，就藏在几英尺远的地方。"我一直都很想告诉你的，但是我很害怕。"她说。

史贝西的这本《圣经》，是她妈妈的。"我妈妈会读也会写。"史贝西开始告诉我她妈妈的故事。就像其他那些我听到过的故事一样，史贝西的妈妈曾经尝试逃跑，但是每一次都被抓回来，被狠狠地痛打。最后，她的主人说，如果她再逃跑的话，就把她卖掉。史贝西的妈妈花了很久的时间才学会写字。当史贝西出生后，她还是坚持继续学习。直到有一天，她给史贝西写了一封信，然后尝试再一次逃跑。在大房子里干活的黑奴出卖了她，告诉了她的主人，于是，她又一次被抓住了。在他们把史贝西的妈妈卖到更南边的地方前，她偷偷把这本《圣经》交给了史贝西。

"这么多年来，我一直都藏着这本《圣经》，"史贝西说，"我还不会读里面的字。总有一天，我要学会读这本书。但是，哪怕我不会读书，我也要留着这本《圣经》，一辈子。因为这是我妈妈留给我的唯一一件东西了。"

史贝西把书紧紧抱在胸口。"这个世界上，除了你，就没有人知道我有这本书了。我相信你一定不会说出去的，因为我们是好朋友。"

我应该把我的秘密也告诉史贝西吗？理智告诉我，我不能说。但是我还是好想告诉她一切。

1859年10月10日，星期一

汉姆斯先生突然心急火燎地跑到厨房里面来，他让艾娃·梅和我停下手里的活，听他讲话。

"这样东西，引起了我的注意！"他说，手里面拿着史贝西的《圣经》，"我要知道，这本书是不是你们当中谁的？现在就要知道！"他的眼睛在我和艾娃·梅的脸上转来转去。突然他吼道："说！"

其实他不必这样，因为这本书不是我俩中任何一个的。

"等莉莉夫人回来的时候，我一定会告诉她的。"汉姆斯先生说。

"是的，汉姆斯老爷。"艾娃·梅回答道。

这位家庭教师把史贝西的《圣经》夹在手臂下。对着我说："克洛蒂，你跟我来！"走到厨房外，他轻声同我说道，语气里不带一丝情绪，"你知道吗？从我房间的窗户望出去，风景特别不一样。"

1859年10月11日，星期二

吃完早饭后，我悄悄地溜到了汉姆斯先生的房间。站在他的窗边，我可以非常清楚地看到树林，特别是那棵藏着我的日记和史贝西《圣经》的树。天哪，如果大房子的房间没有一间可以看到这里，该有多好。

所以，汉姆斯先生一定是知道了我的秘密了。他一定看到史贝西和我在树那里，也一定看到了史贝西给我看那本《圣经》。可是，为什么他不去向莉莉夫人或者亨利老爷告发我们呢？我突然开始觉得，这位陌生的先生身上，一定有着我们完全不知道的秘密。

当天夜晚

我的怀疑是对的。汉姆斯先生真的不是看上去那样的。当我跑去那个树洞，挖出了我的日记时，我发现有一张字条在上面。

我知道你能写字能阅读
但是你要千万小心不被发现
回头，我会来找你的

字条的下面，署名是"H"，汉姆斯先生名字的缩写。

我把日记藏在裙子下面，急匆匆地跑去找史贝西。我原本不想把她推到风口浪尖的，但是她其实已经在风暴中心了。当我告诉她汉姆斯先生已经发现了她的《圣经》时，我的心都要难过得碎了。但是，当史贝西开始怀疑是我告的密时，我的心就更痛了。即便我带着她去到汉姆斯先生的房间，透过窗口告诉她，这里能多么清楚地看到那天晚上发生的事情，她还是不相信我："如果真是这样的，那么他为什么不去找亨利老爷告发我们？"

在那个当下，为了能说服她，我实在是没有别的选择了。我深深吸了一口气，然后把我的日记和汉姆斯先生的字条拿给她看。史贝西什么都没有说，直接拉着我去找蒂婶婶了。

1859年10月16日，黎明

公鸡刚啼叫，天亮了。还好今天是星期天，我们不需要工作一整天。蒂婶婶、史贝西和我谈了一整晚。我们之前、现在什么秘密都没有了。我终于松了一口气。事实上，我现在就在这里，在蒂婶婶的小木屋里写日记。起初，蒂婶婶是反对我学习的，但是她现在告诉我，那是因为她害怕，她不希望我会因为这个而被打，或者被卖掉。"孩子，如果这是上帝的意愿，那么我不会再阻拦你了。"

她甚至让我把我的纸笔都藏在她的小木屋里面。

我的日记在她这里会很安全的。我心里却很内疚，担心自己把危险带给了蒂婶婶和史贝西。因为一旦在她们的房间里面发现了我的纸笔，我们三个就会一起被罚。也许，哈姆斯先生可以帮忙。但是，他究竟是什么人？我心里面突然蹦出了一个想法，但是我还不敢把它说出来。

后来

无论如何，蒂婶婶和史贝西都觉得我不应该相信汉姆斯先生。但是，直到目前为止，他没有做过任何让我不相信他的事情。

我反反复复地看着这个独眼男人的照片。他看上去一点都不像汉姆斯先生，但是，在发生了那么多事情之后，我突然觉得，汉姆斯先生，有可能认识这位独眼的男人。汉姆斯先生不是费城来的，不是纽约来的，也不是波士顿来的。他来自弗吉尼亚。一个南方来的先生，会是一个废奴主义者吗？汉姆斯先生在他的字条里面说他会来找我。也许，到时候我才能知道答案。

1859年10月17日，星期一

"你能教我怎么写我的名字吗?"史贝西问我。

以前我真的从来没有想过，有一天，我也会教别人写字。一直以来，我都是那个学写字的人。我用拨火棍在灰烬里画出字来。史贝西和蒂婶婶充满惊奇地看着。第一次，我终于可以和别人分享我的秘密了。我喜欢看到她们的微笑，特别是当她们看到了那些组成她们名字的字母后的微笑。我感到发自内心的温暖和满足。想到我能用这些来让她们快乐，我就觉得好开心。于是，史贝西跟着也写了一个"S"，而蒂婶婶也写了一个"D"。这些都是她们名字的缩写。今天，我们上了第一堂课。

1859年，10月18日，星期二

汉姆斯先生知道了，我知道他知道了我的秘

密——我能写能读的秘密。但是他对我还是只字不提。他还是像以前那样对我。他什么时候才会来找我呢？

同时，莉莉夫人还是没有回来。所以我们的家务活还好，没有那么繁重。但是这个星期，亨利老爷天天都待在他的书房里。我根本偷不出墨水来。于是蒂婶婶用木炭屑和黑莓酒混合一起，作为墨汁给我用。在我能找到更好的办法前，这个已经很不错了。

1859年10月19日，星期三

白天开始变得越来越短了，早上气候也开始变得凉爽起来了。今天，汉姆斯先生将上课的时间改到了下午，这个时候还是有点热的，需要一个人来扇风。我当时很想对他说，谢谢你。但是我不敢。他说他会来找我的，那么，我就再等等吧。

1859年10月23日，星期天

老爷去里士满接莉莉夫人了。我们今天一整天都不用在大房子伺候。麻烦是，威廉想要来木屋参加我们的礼拜。汉姆斯先生觉得这是一个好主意。当然，我们并不觉得，可是我们又能说什么呢？

做礼拜时候，鲁弗斯跟我们讲了那三个困在火炉里面的男孩，沙得拉、米煞和亚伯尼歌。之后，鲁弗斯开始唱一首赞美歌，我们也跟着加入。我转头看向威廉和汉姆斯先生，发现他们也跟着一边唱一边拍手。

我的主啊，是一位英明的神明，一直如此。
今早我醒来，追随着他纯净光辉的慈祥。
是的，我的主是一位伟大的神明。我一直都知道。

和以前每次礼拜完一样，我们围坐在一张桌子边吃饭。这个时候，汉姆斯先生把威廉放到了他的轮椅上，推着他回大房子了。我坐在乌珂身边。她的眼睛黯淡无光，曾经常常闪烁的笑意消失殆尽。我揉了揉她的脚，因为它们看上去很肿。这个时候，她哭倒在地上，告诉我她有多恨她的丈夫李。他之前有机会来造访，但只是来告诉她，他不爱她。李想要和别人结婚。

1859年10月24日，星期一

莉莉夫人回来了。上帝还是仁慈的。好在老爷和辛斯当天就离开，去查尔斯顿参加一场赛马。我们都忙着洗她带回来的衣服，熨烫。我就在那里不停地搓洗、搓洗。没有一件衣服是适合她的。而且，她也不停地训斥我们，房子有多脏。

1859年10月25日，星期二

趁莉莉夫人在房间里的时候，我找了一个时机跑去问她，我能不能和蒂婶婶一起住在小木屋里面。

我知道该怎么说服她同意。我说："莉莉夫人，我在想，如果你能让我和蒂婶婶一起住在木屋那边，我才能帮你更好地监视大家。一旦有人有逃跑的心思，我也能及时向你禀告。"

她忍不住观察着我："你以前从来都没有向我告过谁的状，为什么现在又愿意了呢，克洛蒂?"

还好我反应快。我直接说："我发现如果我能帮你，那么你也会给我漂亮的东西，就像你给梅西那样。"

这招很管用。她立即同意让我去小木屋和蒂婶婶一起住了。但是我仍然要待在厨房，给艾娃·梅打下手，帮梅西做家务。终于，有些事情又和以前一样了，蒂婶婶、史贝西和我，终于可以在晚上夜谈了。

现在，我更能经常写日记了，也不用担心被怀疑。这里根本没有厨房干净、暖和。但是，当我写下"家"这个字的时候，我的眼前就是这个小木屋的样子。家，不是一个地方，而是一种被爱和被需要的感觉。只要有蒂婶婶和史贝西的地方，就是我的家。

1859年10月28日，星期五

这一整个星期我们都在干活。今天，终于有点时间可以写字了。绝大多数的晚上，我头一碰到床铺就睡着了，我还是睡在史贝西边上。我们两个都累坏了，连一起聊天的力气都没有。但是，能够重新再在一起生活，住在同一个屋檐下，我们还是感到很开心，哪怕这个屋檐经常漏水。

1859年10月29日，星期六

蒂婶婶又找到了她自己的价值了。她给自己找了一个活干。所有在木屋的人每天都干活干得非常辛苦，晚上回来已经累得做不动饭了。于是，蒂婶婶开始给大家做饭。每天，大家都把能带回来的东西交给蒂婶婶，她收集起来放在一个大锅子里面煮。这样，每天大家晚上回来，就能一起吃到大锅饭了。今天，他们吃了炖兔子肉、野菜萝卜和弗吉尼亚最好的厨师做的玉米饼。

当天吃完晚饭后

在服侍晚饭的时候，我零碎地听到了主人们的谈话。汉姆斯先生告诉莉莉夫人他找到了一本《圣经》。但是他说，这本《圣经》是在河边捡到的。"是呀，艾娃·梅告诉我你找到了一本《圣经》，还说你本来以为这本《圣经》是她或者克洛蒂的。但是你为什么觉得这本《圣经》是家里某个黑奴的，而不是我们家里面某个人的呢？"

"黑奴永远都很狡猾，"汉姆斯先生说，"只要有东西不见或者掉了，我就最先会怀疑是家里的黑奴干的。他们是最奸诈狡猾的。"

汉姆斯先生讲话的口吻像极了老爷。但是当我仔细一看，我发现，他手里拿给莉莉夫人看的《圣经》根本不是史贝西的。看来，汉姆斯先生在帮史贝西和我，但是同时，他也想在莉莉夫人那里卖个人情。我感觉到我的心里在微笑。

后来，汉姆斯先生问夫人，知不知道威廉的脚趾开始有一点点知觉了。夫人说她不知道，她当然不知道，她从来不会去关心这些事情。汉姆斯先生问夫人，他能不能尝试用热水疗法来治疗威廉的腿。他说，这是他在华盛顿的一个医生那里学来的。

"只要兰博医生说没问题就可以。"

之后他又问莉莉夫人，能不能让梅西来帮忙这个热水疗法。莉莉夫人立马回绝他："不行，梅西是要来服侍我的。你可以让克洛蒂帮你。"

汉姆斯先生知道如何讨好莉莉夫人。他知道如果他先开口要我，莉莉夫人是绝不会答应的。只是，这位汉姆斯先生究竟想干什么呢？

1859年10月31日，星期一

今天开始，又要穿鞋子了。我真的不想把威廉的旧鞋子穿在脚上。实在是太硬了。

艾娃·梅、梅西和我刚把花园里的作物都收割起来，我们拿来保存、腌制，或者晒干。甘蓝草已经可以收割了，但是蒂婶婶说，一定要等到第一次降霜之后才能收割。这是我一年里最喜欢的时刻了，夏天的酷暑走开了，天气终于凉爽起来了。终于，我能睡个好觉了。

1859年11月2日，星期三

辛斯和亨利老爷终于回来了，他们又赢了赛马。这一次，他们又带回了一匹好马，它的名字叫作坎特伯雷之眼。它看上去没有舞王那么有灵性，但是辛斯说，它很强壮，也很稳定。辛斯叫它"能者"，因为它"能"跑。莉莉夫人走到门廊上看了一眼这匹马，然后就走回去了，还重重地摔上了门。

辛斯回来了真好。虽然，大多数时间他还都是和他的马待在一起，但是能听到他从马厩那里飘到厨房的笑声，还是很开心的。

我告诉他，我现在和蒂婶婶一起住在木屋那里了，但是我还是要待在厨房和大房子干活。"我很高兴你可以去陪蒂婶婶，"他说，"这样起码她有人照顾了。"

说完，辛斯就拿出了一条漂亮的红色绸带放在我面前。这真的是天大的惊喜。这个比莉莉夫人有的那些绸带不知道好上多少倍。但是它是我的。不需要每

142

次都偷偷地跑去拿出来扮家家，这个就是我的了。辛斯说，这个是他用赢来的钱买的。他把钱押在自己身上，赌自己会赢。

"我本来想等到什么重要的日子再给你的，但是我实在等不及了。你喜欢吗？"

这个词，直接从我的心蹦出嘴边："美丽！"后来，每当我写下"美丽"这个词，我都会看到这条红绸带。带着它让我觉得自己很美，我就想这样一直转着跳啊跳啊。

1859年11月6日，星期天

辛斯给史贝西买了一尺布，给蒂婶婶买了一把木梳。我们仨今天都带着礼物去参加礼拜了。木屋那边所有的女人都羡慕坏了。只有梅西气疯了。整个礼拜过程中，她一句话也没有讲。鲁弗斯谈到了爱。

"爱不是嫉妒。"他说，朝着我们仨眨了眨眼睛。我应该为自己那么炫耀我的红绸带而感到羞愧的，但是我没有，我只是把头抬得高高的。

1859年11月7日，星期一

梅西走进厨房，得意地挥动着手帕，那条四角有紫色黄色紫罗兰花的白手帕。天哪，这个丫头出卖了谁？她到底和莉莉夫人说了些什么？

1859年11月8日，星期二

梅西把辛斯给我们三个买礼物的事情告诉了莉莉夫人，她就是因为辛斯没有买给她所以不高兴了。莉莉夫人直接告诉了亨利老爷。

老爷摇响了种植园的钟。所有的人都跑到屋子门前。亨利老爷把我们领到马厩前。哦，天哪，有人今天要被打了。

当老爷抓住辛斯的时候，我的心都跳出来了。

"你哪来的钱买的礼物？"老爷问辛斯。

"我用你给我的饭钱，押自己赢。后来我赢了。"辛斯回答，并没有觉得他做错了什么。

亨利老爷走去拿了一条马鞭："你哪里来的主意，背着我偷偷去下赌注?"他叫辛斯弯下身子，两只手抱住马车轮子。辛斯怎么也没有想到他会挨打。我也没有想到。

"但是老爷，我没有偷偷摸摸，我只是正大光明地去放了赌注。"

亨利老爷抽打了辛斯，当着我们大家的面，足足打了他十下。我闭着眼睛，手紧紧握成拳，指甲都掐到了手心的肉里。每当我听到鞭子抽打在我这个像哥哥一样的朋友的背上时，我都好想叫出声来。

所有人都知道，辛斯是亨利老爷的生计，他帮老爷赚了很多钱。如果连辛斯都会被打，那么以后如果我们被老爷抓到什么把柄——随便什么把柄，老爷又会怎么对我们呢? 不需要是因为做错事了，只要不合他心意，他都会这样打你。亨利老爷说他以后出去再也不会给辛斯饭钱了，就让他活活饿死。

现在，不知道梅西感受如何。一条那么丑的手帕，比让辛斯被毒打一顿还要重要? 我们以前一向都由着梅西去吵去闹，因为我们觉得她漂亮就让着她。曾几何时，我一度也非常想变成她那么漂亮的。但是如果，漂亮意味着内心的丑陋，那么上帝啊，你还是让我长得平庸一些吧。蒂婶婶经常说，恶有恶报。梅西对她的所作所为，已经得到了应有的报应了吧。

1859年11月9日，星期三

蒂婶婶照看着受伤的辛斯。马鞭割伤了他的皮肤，好在伤口不像九尾鞭伤得那么深。辛斯觉得很羞辱，因为这是他第一次当着那么多人的面被打。哪怕他是一个常胜的赛马骑手，也帮不了他。亨利老爷照样还是会打他。

史贝西和我试着说亨利老爷的各种坏话来鼓舞辛斯。他的确也释然了许多。从他的表情我看得出来。

如果有一天废奴主义者来了，他们会不会停止这一切毒打呢？我好想知道，这一天究竟什么时候才会来呢？

1859年11月11日，星期五

今天下了一整天的雨，淅淅沥沥的小雨。之后，天气就会转凉了。莉莉夫人把我叫去她的房间，然后带着我去阁楼。在那里有许多箱子，很多东西我以前从来没有看到过。有裙子、大衣、帽子。阁楼里面充斥着陈年的积灰，吸到鼻子里，我忍不住打了喷嚏。

莉莉夫人打开了一个大木箱子，转轴发出吱吱呀呀的声音。她从里面拿出了一双鞋子和一条裙子，这些一定是她女儿以前穿的。她递给了我。我一直都没有一双真正的女鞋，也没有一条漂亮的裙子。我穿的只是蒂婶婶帮我缝纫的白色套头布衫。

"这条裙子是你妈妈替我的克拉丽莎做的，那时她也还只是和你一样大。现在，这个给你了。"我立即就把鞋子给穿上了。鞋子有点大，但是比起威廉的大鞋子，这个穿起来舒服多了。我的脚指头终于不再挤做一堆了，而且鞋子的皮也软，不会又硬又硌得疼了。我把裙子也套在身上。也许是知道了这是妈妈做的，我总觉得这条裙子一直都是我的。我把头深深埋在裙子里，想试试看能不能闻到妈妈的味道。可是，眼泪却止不住要流下来了。莉莉夫人对我真的太好了，但是，对她，我还是要小心一点。因为，莉莉夫人从来不会无缘无故对你好的。她一定希望从我这里得到什么。

我把莉莉夫人给我的东西拿给蒂婶婶和史贝西看，她们都带着奇怪的眼神看着我。"我什么都没有告诉她！"她们当然是相信我的，但是她们叫我千万要小心。

1859年11月12日，星期六

天气终于冷下来了，再也不需要我扇扇子了。原本，今年的学习季对我来说也已经结束了。如果不是汉姆斯先生开始给威廉做热水治疗，我想我的学习真的就会像以前那样结束了。但是他让我在威廉学习的时候去帮忙做热水治疗。他还是什么都没有和我说，每天他都能看到我，但是他还是当作没看到我似的直接从我身边走过。我想我也假装什么都不知道比较好吧。只是不知道，这样的热水疗法对威廉到底能不能有帮助。

1859年11月13日，星期天

我匆匆地跑回到蒂婶婶的小木屋，把我前面刚看到的写下来。

前面正当我从厨房慢慢地走回木屋的时候，看到汉姆斯先生匆匆地走进了树林。我悄悄地尾随他，一直跟他走到了河边，尽可能不发出一点声音。他把手抵在嘴唇上，然后发出鸟叫的声音。过了几分钟，我听到有一样的声音从远处传了过来。紧接着，一个人从河流边的迷雾间走了出来，像幽灵一样没有声息。此时，月亮正好从一片云后面跑了出来，我终于可以看清这个人的长相了。他就是画像上的那个独眼男人，那个废奴主义者。他根本不是什么幽灵，他是个有血有肉的人。

我能感觉到心脏在胸口咚咚狂跳，我觉得他们都能听到。我忍不住地想要冲出去，告诉这个独眼男人，在我眼里，他是一个大英雄，和很久以前汉姆斯先生说过的那个赫尔柯雷一样伟大的大英雄。我好想告诉那个独眼男人，我也是一个废奴主义者，我和他一样想要废除奴隶制度。但是，我还是决定留在原地，偷听偷看。

现在我很确定汉姆斯先生和那些废奴主义者是一伙的了。这么看来，并不是所有的废奴主义者都来自费城、纽约或者波士顿。他们其实来自全国各地，有一些来自南方，甚至包括弗吉尼亚。如果汉姆斯先生是一个废奴主义者，那么他来贝尔蒙特做什么呢？他是不是来帮助黑奴们通过那个地下铁路逃出去呢？

1859年11月14日，星期一

晚饭后，辛斯来蒂婶婶这里检查伤口。他的伤口已经没有再恶化了。只是，身体上的伤口容易痊愈，心里面受到的伤害却要很久才能恢复。

不远处，我们听到鲁弗斯在木屋那里轻声唱："请来这里带我回家。"

1859年11月20日，星期天

今天我们像往常一样在木屋做礼拜。我穿上了新裙子——妈妈做的那条裙子。大家看了都说我的裙子漂亮。我尽量表现得不那么扬扬自得，但是当梅西从我身边经过的时候，我还是忍不住抬头挺胸起来。"骄傲使人跌倒。"鲁弗斯轻轻地在我耳边说道，然后对我眨了眨眼睛。

辛斯今天也来参加礼拜了，他直接坐在史贝西的边上。最近这些天，无论史贝西去哪里，辛斯总会跟在不远处。

鲁弗斯今天讲了以利亚的事迹，他最后被火焰马车带去了天堂。当我们唱歌的时候，家意味着自由。所以，鲁弗斯的故事告诉我们，总有一天，我们将会得到自由，这一天，不远矣。我想起了汉姆斯先生和那个独眼男人，还有那个地下铁路。我们中是不是已经有人准备好要逃跑了？

结束的时候我们唱道——

慢慢地摇晃，我亲爱的马车

请来这里带我回家

慢慢地摇晃，我亲爱的马车

请来这里带我回家

路上我俯瞰约旦河，我看到了什么哟

请来这里带我回家

一大队天使在我的身后

请来这里带我回家

慢慢地摇晃，我亲爱的马车

请来这里带我回家

慢慢地摇晃，我亲爱的马车

请来这里带我回家

后来

深夜的时候，乌珂来蒂婶婶这里找我们聊天。我们都长大了，一下子不知道可以聊些什么了。不过，在我的印象中，乌珂总是那个健谈的人。她提到了小时候，我们有一次一起玩捉迷藏，我躲进了一堆有毒的藤条里面，当时我的样子有多窘。这些话题引得我们都哈哈大笑起来。过了没多久，乌珂站起来说她要回去了。"再——见——"她说，抱了抱蒂婶婶和史贝西。当她和我拥抱的时候，她在我耳边轻轻地说道："请为我祷告吧。"

我什么都没有说。但是我感觉到，乌珂是要逃跑了，而且可能是那个独眼男人和汉姆斯先生在帮助她。我也不知道怎么会知道的，但是我就能感觉到，我就能。

1859年11月21日，星期一

一整个早上，我们这里都是一片骚动。亨利老爷压根就不能相信这一切。我昨天猜对了！鲁弗斯，阿吉，乌珂还有小宝宝诺亚，他们在昨天晚上逃走了。他们只是，神不知鬼不觉地，逃走了。

亨利老爷发下重誓："你们中，只要有人能告诉我是谁帮助鲁弗斯他们逃走的，我就给他自由。好好想想，你们自己的自由。我保证！"

　　这个和手帕可不一样。亨利老爷在用自由当悬赏的酬金。如果我把知道的一切都告诉亨利老爷，关于汉姆斯先生和那个独眼男人的事情，我就能自由了。自由。这个主意太诱人了。哦，天哪，我不能相信我脑子里竟然会有这种想法。我怎么可以，居然想过做这样的事情呢?! 我绝对不能出卖汉姆斯先生。我知道，在贝尔蒙特的确有这样的人，会为了自己的自由，而跑去向主人告密。但是老天呀，请快点把这丑陋的想法从我的脑子里面抹去，永远。阿门。

　　　　　　　　　　　　1859年11月22日，星期二

　　亨利老爷带着一群人出去追捕鲁弗斯和他的家人了。鲁弗斯是贝尔蒙特目前为止唯一一个敢出逃的人。我们在心里，默默地祈祷他可以成功，哪怕我们不能说出来，甚至不能和同伴说出这个想法。关于天堂，有许多赞美诗歌，但是我们只知道，天堂，就是自由。

　　亨利老爷今晚回来时，把我们都叫到跟前。他将几条带血的裤子和一件汗衫扔在了我们的面前。"他们死了。"他冷冷地说出了这几个字。我们的希望一下子破灭了，就像枯叶一样飘零在我们的脚边，"他们全部都死了，我们必须射杀鲁弗斯。其他人坐的船打翻了，就淹死在河里了。急流直接把他们冲进了河底。"

鲁弗斯？阿吉？乌珂？诺亚宝宝，都死了！我的天哪，这个带着黑奴逃脱去往自由的地下铁路到底怎么回事？那个独眼男人不是会帮助鲁弗斯和他的家人的吗？

亨利老爷说，从今天起，我们再也不允许做礼拜了。我们也不可以讨论一丁点和鲁弗斯还有他的家人有关的事情。老爷可能管得了我们的身体，管得了我们能干什么，不能干什么，但是他管不了我们的心，管不了我们的感受，也管不了我们在想些什么。我会一辈子都记住鲁弗斯和他的家人的，一辈子。这一点，老爷永远管不了！

当天晚上

虽然老爷不准我们集会，我们还是用自己的方式来悼念我们的朋友。在木屋里，在各自的房间里，在果园里，或者在厨房里，我们大声唱歌。我们不需要聚集在一起来分担彼此的悲痛。我们唱着我们的伤痛，打着节奏，拍出了我们的难过。并不需要说出他们的名字，因为我们知道，我们只是在自己缅怀，鲁弗斯、阿吉、乌珂，还有小诺亚。最后，他们终于自由了。

我得到了一条长袍，你也得到了一条长袍
所有上帝的子民都得到了一条长袍
当我来到天堂时，我一定会穿上长袍
然后在上帝的天堂大声呐喊
天堂，天堂。每一个人都在讨论着天堂。
我要去那里
天堂。我要在上帝的天堂，大声呐喊

1859年11月23日，星期三

我们早晨醒来时，发现外面的世界都笼罩在一个

厚重的白色面纱里。这是今年的第一场大雾。宰杀的
时间到了。

1859年11月26日，星期六

男人们这些天都在杀猪。我的胃里这些天都充
斥着动物身上鲜血的味道，所以我尽可能地远离屠宰
场。我也经常待在厨房里，那里堆满了叮当作响的锅
碗瓢盆。这些声音，或多或少，帮助我从那些死亡的
呻吟中逃脱出来。

烟熏室里面，现在堆满了火腿、香肠、培根，还
有排骨。我们会用熏烧的木片来慢慢烟熏它们。

后来

蒂婶婶说，当你以为已经了解恶魔了，恶魔却
变了一个脸。现在我懂她这句话的意思了。我一直以
为，亨利老爷已经是世界上最坏的人了，但是却又
来了个布里利·维斯。鲁弗斯以前是帮忙管理屠宰场

的，现在亨利老爷雇佣了布里利·维斯来管今年的屠宰。他看上去是一个很寻常的人，身上都是尘土，很高很瘦，皮肤看上去像是被晒伤的红色，戴着一顶破旧的帽子，底下藏了一头乱糟糟的头发。挂在他侧身的九尾鞭告诉我，他之所以一直要带着鞭子，是因为他随时都会需要鞭子来打人。

看到维斯，我就感觉不寒而栗。他身上某个地方，总是让我感觉到深深的恐惧。今天我们在他监视的目光下，做了肥皂。在我眼里，他就是危险的代名词，像一条毒蛇，非常狡猾。

1859年11月27日，星期天

终于，过了那么久，我们迎来了一天好日子。蒂婶婶让我去马厩把辛斯找来。我们一起走回到小木屋时，里面已经充满肉桂和苹果的香味了。我之前偷偷地拿了一些糖、黄油、面粉和猪油，每次都只拿一点点，以免被发现。今天我又偷偷地拿了一条肉桂棒，足够我们做一个小小的苹果派了。

　　每年第一场雾，就是辛斯出生的时节。"这个是给你的。"我说着递给他一个亮黑色的扣子。我发现了这颗扣子，然后又打磨抛光。辛斯答应我，他一定会一直都带在身上的，不说我也知道。

　　"我没有什么可以给你的了。"史贝西说。她轻轻地踮起脚来，注视着辛斯。然后，她吻了他，直接吻在了辛斯的嘴唇上。"我很庆幸你出生了。"

　　辛斯激动地跑到门口，大声叫喊了一声，连河那边都能听到。我们都大笑起来。

　　每到这时候，我们都会想念贺玻叔叔。晚上当我和史贝西一起缝被子的时候，我们都会聊起他。我们也会聊起鲁弗斯和阿吉，还有乌珂。每到这个时候，我们都很庆幸，还好我们还有彼此。话说，今天的苹果派，是我吃到过最好吃的苹果派了。

　　　　　　　　　　　　1859年11月28日，星期一

　　正如我们所担心的，亨利老爷非常喜欢维斯，决定把他留下来。他从烟草烘干房抽调了一些男人去帮维斯搭建他的监工小屋。亨利老爷选了一个地方，能让他俯瞰整个种植园。从屋子的后门，他可以看到木屋，也能看到大房子的前后门。从屋子左手边的窗户，维斯可以看到厨房和后面的田地。而从屋子右手边的窗户，他则可以看到果园和树林。无疑，亨利老爷找来维斯当他在这里的眼线。

1859年11月29日，星期二

今天莉莉夫人把我叫去服侍她。她躺在床上，说她发烧了。

"所以，你喜欢你的鞋子吗？"她说，轻轻地呻吟了几声。我问她要不要给她倒一些热水。她却叫我站得近一点。然后，她拉住了我的手。

"你喜欢漂亮的东西吗？"我答我喜欢的。然后她又继续说，"你可以有很多漂亮的东西，只要你把我想知道的事情告诉我。"她问了我许多和汉姆斯先生有关的事情，一个接一个，多到我的脑子都应接不暇了。我很好奇，为什么莉莉夫人像一条老猎狗那样围着汉姆斯先生噢呢？梅西一定告诉了她一些什么。而现在，她又想从我这里得到更多的信息。我回答道："如果我听见或者看见了任何事情，我都会立刻跑来向你汇报的，莉莉夫人。"但是我的脑子里面却下定决心："我绝对不会告诉你一个字，特别是关于废奴主义者的事。"

1859年11月30日，星期三

都过去这么久了，汉姆斯先生还是没有来找我。但是最近发生了这么多事，我一定要找机会告诉他，莉莉夫人似乎在怀疑他，要从他身上抓到什么破绽。可是每次，他都把我当空气。每次上课的时候，我都在那里替刚从热水里泡好的威廉按摩他的腿和脚。我会仔细听他们的课，尽可能地多学，但是，威廉先生就是不和我说话。

1859年12月1日，星期四

今天在服侍老爷夫人午饭的时候，我听到莉莉夫人告诉亨利老爷，她之前给一个在华盛顿的朋友写过信。她的朋友已经回信说，"汉姆斯先生的父母亲都是不折不扣的南方人，但是他的叔叔约西亚·汉姆斯和约叔华·汉姆斯绝对都是讨厌的废奴主义者"。她突然停下来，好像说了一个非常邪恶的单词。"那么，这个汉姆斯先生到底怎么样呢？"她说。

我知道，这对夫妻每次都要为各种事情争论，唯独在黑奴这件事情上，他们的立场向来都一致。从这一角度，他们一直站在一条战线上。对于鲁弗斯和他家人逃跑这件事情，他们俩已经气疯了。亨利老爷说，他会去找汉姆斯先生谈一谈的，特别是关于他家人的事情。

我知道汉姆斯先生之前提过要来找我，但是已经那么多个星期过去了，他还是没有动静。我必须去给他提个醒，告诉他有危险。所以我决定，由我主动去找他。

1859年12月2日，星期五

今天我逮到了一个很好的机会。在威廉上课前，我在他房门口候着。当汉姆斯先生从大厅走下来时，我轻声跟他说："小心一点，他们已经知道你的叔叔们是废奴主义者了。他们怀疑你也是。"可是，汉姆斯先生一个字都没对我说，甚至瞧都没有瞧我一眼就走开了。我怀疑，他到底有没有听到我说的话啊？

后来

汉姆斯先生听到我的警告了。晚饭后，他主动提起了他的叔叔们是废奴主义者这件事情。比起被问，自己说出来会更好。当时，我正在大客厅给他们倒咖啡。我听到汉姆斯先生说他有多么为自己的这两个叔叔感到羞愧，多么希望自己和他们没有一丁点关系。这些话对亨利老爷十分管用。我尽可能地找机会留在大客厅里面听他们讲话。在我给火炉加柴的时候，我听到亨利老爷说："我很信任你，作为在我们家工作的人，你是一个值得尊敬的人。"这句话从亨利老爷的嘴里冒出来，更多是一种警告。我的眼睛一直都在留意莉莉夫人，她虽然一句话都没有讲，但是她的表情告诉我，她一点儿都不相信汉姆斯先生。汉姆斯先生有了一个敌人，莉莉夫人。我想，他自己也知道这点。

1859年12月3日，星期六

今天，维斯先生的小屋子完工了。辛斯说，还好维斯不用再和他一起住在马厩了，因为他打起呼噜来实在太吵了。

维斯得到个两室的木屋，一个房间和一个睡觉的阁楼。有前门、后门还有四扇窗。没有什么特别的，但是看他那架势，你会觉得那是个大房子。莉莉夫人帮忙从阁楼里那些闲置的东西里，给他的屋子添置了一些家具。亨利老爷给了他一把储藏室的钥匙，让他随时都能进出。

蒂婶婶说，维斯就是白人当中的废物，他以前一定没有得到过这么好的待遇。那就意味着，为了能够保持现在的待遇，维斯一定会尽可能地让亨利夫妇满意，让他们得到想要的。我决定远离这个男人，他让我觉得可怕。

就在我睡觉前，我透过窗户看到了维斯房子的烟囱冒出的烟。这个监视者，已经完全住进来准备在贝尔蒙特过冬了。我的背脊不由得冒冷汗。

1859年12月4日，星期天

今天，我是被外面的大风吵醒的。狂风透过墙上的裂缝吹进来，呼呼作响。这个声音就像我梦中的轻语声。现在，我正试图把之前梦里所记得的东西都写下来。不过哪怕是一醒来就记，还是很难把那些梦的碎片拼凑起来。在梦里，我一直在奔跑。我看到辛斯被铁链拴着带走，蒂婶婶在求汉姆斯先生去帮辛斯，但是他还是不和她说话。他也不和我说话。我看到一块标志，上面写着费城，然后另外一块写着纽约，之后又看到一块上面写着波士顿。许多没有脸的人，手里举着牌子说："我们是废奴主义者。"我一直朝着他们跑去，但是无论怎么跑，都不能靠近。

现在，我正坐在这冰冷的黑暗中，我已经下定决心，一定要去找汉姆斯先生谈。现在，我就要想明白该怎么谈，在哪里谈。

1859年12月5日，星期一

每天上课的时候，我和汉姆斯先生都会见到彼此，但是我们从没有单独相处的机会。

我必须为威廉说好话，他最近真的很努力，很努力地学习功课。哪怕我在给他擦腿时，他也不再抱怨了。我知道水很烫，而且那些练习题也很难，但是他从来没有放弃努力。就在今天，在那么多努力之后，他的大脚趾能动了。这看上去是一件小事，却给了我莫大的鼓励。我打心里觉得快乐，就好像，我做的这些，我每天替他揉擦脚，终于帮他的恢复起到了一些作用。好像，我也在帮助治疗威廉一样。我开始能体会，蒂婶婶和史贝西在帮忙接生时的那种成就感了。

1859年12月6日，星期二

萨梅拉，在牲口棚的一只母猫，前两天在厨房门廊上生了三只小奶猫。两只已经死了。我把最后那只活着的小猫，一只全身乌黑发亮的小黑猫，抓回来拿给威廉。以前，我从来没有听到过威廉说谢谢，但是他对我说谢谢，因为我给他带来了小奶猫。威廉给他的猫取名叫影子。

后来

"你为威廉做的事，真的很好。"汉姆斯先生对我说。他正站在通往书房的门廊上。然后他又故意大声说，"继续好好打扫。"

终于，我们可以谈话了。各种想法在我的脑子里不停地飞来飞去。我该问什么，我要说什么？"我已经等这个谈话很久了。"

之后我们的谈话是这样的：

"我必须保证你值得信赖，而且你也会相信我。"

"你是一个废奴主义者吗？"我心里面最最想知道的是这个。

他笑了笑，但是眼神却充满着严肃："是的，我是。还有谁知道我是?"

"蒂婶婶、史贝西,还有我。但是,莉莉夫人看上去已经非常怀疑你了。"

"谢谢你当时给我的提醒,的确,她可能会是个大问题。"

"你和那个独眼男人是地下铁路吗?"

"哦,不,不完全是我们。"他压低声音说,"我们只是调度员。"他告诉我,那既不是地下的,也不是一条铁路。那只是一个组织,一群人,一起努力来帮助黑奴得到自由。

"你居然能写字能读书。我发现你完全是靠在上课时候认真听来学习的。了不起!"

"我真的从你那里学到了好多东西。"我回答他说,"你是一个南方人,但是为什么你要结束奴隶制度呢?"

可是他没能回答我,因为正好有人过来了。我还有很多问题要问他,看来只能下一次了。现在,我该去给莉莉夫人送她睡前喝的热牛奶了。我一定要小心,不能把秘密流露在脸上让她发现。

1859年12月7日，星期三

今天，兰博先生来看威廉了，他说威廉进步很快。这也给我和汉姆斯一些时间可以说话。他告诉我，贝尔蒙特是他们这个"地下铁路"组织在这一区域的第一站。这里的河流有一个低洼处，在那里，河流比较窄，河水也没有那么湍急。逃跑者可以在贝尔蒙特的树林里先与第一个调度员碰头，然后，他们会带逃跑者去到下一个站点。

可是，为什么可怜的鲁弗斯和他的家人没有能够成功逃脱呢？

1859年12月8日，星期四

现在白天越来越短，而且也更冷了。田地里面的农活，已经闲下来了。烟草叶子已经泛黄。维斯叫所有人都来装点这个地方好迎接圣诞节这个大日子。又是一个节日，无休无止的家务活。

艾娃·梅今天正在做水果蛋糕。我在厨房帮忙敲核桃，剥莓子，忙了一下午，到现在手指都没有知觉了。梅西也拿到了一条克拉丽莎小时候的旧裙子。我想，如果她告发我，莉莉夫人一定还答应会送她一顶帽子。梅西和我现在基本都不说话了，除了我们一起端菜的时候会说两句。她在那里奉承莉莉夫人，就好像小猫影子对威廉一样。

1859年12月9日，星期五

我们今天一整天都待在牲口棚里，拿前一年攒下来的鸭毛，把莉莉夫人枕头靠垫里面的芯子全部换掉。

现在，辛斯每天晚上都会跑来蒂婶婶的小屋找史贝西，所以，我也要一直等他走了才能开始写日记。

自从我们上次在书房谈话后，汉姆斯先生就开始偷偷地拿一些东西给我读。我把它们藏在裙子里面，一直等到我回到小屋才拿出来。我在小屋里给蒂婶婶和史贝西念报纸上的东西。许多内容我们都不懂，但是，也有许多内容，回答了我心里的很多疑问。

就像我之前猜的那样，废奴主义者生活在全国各处。但是，最让我开心的是，有一些废奴主义者是女人，甚至还有一些以前也是黑奴，就像我一样。汉姆斯先生告诉我，有一个叫作费雷德里克·道格拉斯的人，以前也是一个黑奴。他自学，学会了写字和读书，就像我一样。他现在是一个废奴主义者，在纽约编辑他自己的报纸，叫作《北极星报》。有一天，我也会读他的报纸。也许我会的，我相信我一定会的。

1859年12月10日，星期六

蒂婶婶让我和史贝西去大房子后面的花园采最后一波甜菜。等寒潮来过之后的甜菜就会变得很软很甜。当我们从花园回来的时候，维斯突然跳出来，拽着史贝西的手臂说："你真是个漂亮的黑妞呀。"他一边说，一边朝地上吐烟叶渣。

他打发我走，但是我绝不，我不能扔下史贝西。我拉着史贝西的手。他拿着鞭子朝我这里挥："我叫你走开，不然我就用鞭子抽你了！"

"如果你纠缠史贝西的话，汉姆斯先生应该会生气的。他已经看上史贝西了。"我自己都惊讶于自己能说话说得这么利落。这是一个善意的谎言，因为我是为了帮史贝西。她都吓坏了，因为她知道，维斯的脑子里面想的绝对不是好事。维斯信了我的话，放了我们走，我们赶紧逃回到蒂婶婶那里。

我要告诉汉姆斯先生我说的这个谎，也许他能一直保护史贝西，一直等到……天哪，我敢不敢写下来呢？一直等到我们逃跑！

1859年12月11日，星期天

我很想念鲁弗斯还在时我们一起度过的星期天。但是，汉姆斯先生把史贝西的《圣经》还回来了。他把它一直放在自己的房间里以确保安全。他拿给莉莉夫人看的那本，是他自己的。史贝西看到《圣经》能拿回来非常感激。毕竟这个是她妈妈留给她唯一的东西。现在，只要一有时间，我就读《圣经》上的内容给蒂婶婶和史贝西听。

后来

今天在贝尔蒙特有一个很大的庆祝活动。我必须到厨房帮忙。克莱法斯·塔克还有其他那些亨利老爷支持的人赢得了选举。大房子被装扮得非常漂亮，到处都闪闪发光。这是我们努力了很久的结果。客人们不停地在说他们有多痛恨废奴主义者，多么讨厌北方那些爱管闲事的人。我的心里面却忍不住笑，看看汉姆斯先生，他现在就站在你们中间，而你们却完全不知道，他就像伪装在母鸡群里面的一只狐狸。

埃德蒙·拉芬老爷今晚也来了。他滔滔不绝，说了很久关于该如何捍卫奴隶主的权利的话。他一直在说他自己的自由："我们国家是一个自由的国家，我们对抗英国换来了我们的自由。如果有必要，我们还是会为我们的自由而战。"

当老爷们说到他们的自由时，他们慷慨激昂。但是当说到要给黑奴们自由时，他们又变得又聋又哑了。

1859年12月12日，星期一

现在是晚上。今天早上都冻死了，下午才慢慢暖和起来，可是现在又冷下来了，真是冬天才有的寒冷啊。漫长辛劳的一天终于过去了。莉莉夫人一早上都在厨房小题大作，为圣诞晚餐做准备。最后她临走前，还打了艾娃·梅两下。

后来，莉莉夫人给了木屋里每个人一些布来做衣服，或者做些什么来过圣诞节。我把我的那一份给了蒂婶婶，因为我已经有妈妈的裙子了。在我和史贝西一起缝被子的时候，蒂婶婶看上去在织一样很特别的东西。我们的被子，差不多要做好了。

木屋的地板非常冷，所以我们一直把脚裹在破布里面。我们靠着火炉坐，身体就会暖和，可是背还是很冷。墙上有太多裂缝，狂风一直透着这些裂缝吹进来，呼呼作响。现在，哪怕我尽可能多地从厨房偷吃的回来，蒂婶婶也很难拼凑出一顿足量的晚饭了。我们一直都在等那个大日子，我们圣诞节那周的星期天。贺玻叔叔以前一直说，如果我们能坚持到二月，那么三月就不远了。

1859年12月13日，星期四

破晓时分，有骑手来到贝尔蒙特，把我们都吵醒了。狗在狂叫。火把点亮了黑夜。蒂婶婶、史贝西和我都跑到门口去看发生了什么。深夜造访的骑手，一般只代表一件事情——麻烦。

领头的骑手威尔逊，最先发话。他直接说重点："我的两个老黑逃跑了，一个年轻男人叫拉夫，一个黑白混血丫头叫科拉·贝拉。我们拷打了那丫头的母亲才知道他俩是得到了一个白人男子的帮助，那个男人少了一只眼睛。如果我能逮到他，一定把他的另一只眼睛也打瞎了。"这个人紧了紧缰绳，说："我们一定要把他吊死！"

"我的狗追踪他们一直追到你的果园，我们想要进去搜查，希望你能允许。"另一位叫希金斯的说。

亨利老爷举起了拳头："你可以进去搜查。如果你能等我穿上衣服，我可以和你一起去。"

　　"我也去！"维斯从他的小木屋里面冲出来说，"追踪和捉拿逃跑者，之前三年，我干的就是这个。"

　　我就知道他是那样的人，臭名昭著的追捕黑奴的人。

1859年12月14日，星期三

　　亨利老爷从追捕行动中回来了，告诉我们他们是如何抓到那些逃跑者的。"我们把他们绞死了。"他咬牙切齿道，"我之前说的话还成立。只要有人给我这个独眼男人的信息，我就给他自由。好好想想，那是自由。"看来，他们还是没能抓到那个独眼男人。

　　我在火炉的灰烬上画出"自—由"，可是我还是什么画面也没有看到。自由，对我来说真的是一个很难理解的词。

1859年12月15日，星期四

　　维斯奴役着所有人，把贝尔蒙特打扫得焕然一新来迎接圣诞节。自从发生了那些逃跑者的事情，我们的情绪都很低落，感觉灵魂深处都没有一丝的愉悦。

木屋那里的女人，都跑来厨房帮艾娃·梅准备食材和打扫。我帮忙把大客厅里面的地毯拿到外面去，然后把里面的灰都掸出来。我自己也吸进了很多灰，搞得我一直咳嗽个不停。蒂婶婶就拿蜂糖浆混合着草药给我吃，我才终于不咳嗽了。

后来

我去马厩给辛斯送食物的时候，汉姆斯先生把我拉到了一边。他吓了我一跳，我差点要叫出来，以为那个人是维斯。

"有消息了，"他说，"那些逃跑者并没有死。他们告诉你逃跑者都死了，是因为希望你们因此而害怕，不敢逃跑。"

"那么，是不是鲁弗斯和阿吉也还活着？"我心里面是这样希望的。但是汉姆斯先生说，不，他们没有成功。鲁弗斯并不相信"地下铁路"的计划。"他其实一直都不怎么相信像我这样一个南方人会如此反对奴隶制度。但是，像我这样的人，其实有很多。"鲁弗斯最后是靠自己去逃跑的。

"有一些人是独立完成逃跑的，"汉姆斯先生解释道，"大多数情况下，他们还是需要帮助，很多帮助。我尝试给鲁弗斯提供帮助，当我听说他计划逃跑后，和他谈了很多次。但是鲁弗斯并不怎么相信我。"

发生在鲁弗斯和他家人身上的事情，再也不能发生在别的家庭身上。他们中只要有人会游泳就能幸存。亨利老爷从来都不让我们学游泳，因为他知道，如果我们一直都又蠢又笨，那么他就能永远都控制着我们。真希望春天能快点到来，我要开始学游泳了，以防到时候能用得上。

哎呀，我忘记告诉汉姆斯先生，我为了救史贝西向维斯扯的那个谎了。下一次，我一定要记得告诉他。

1859年12月16日，星期五

下了一天的小雨，又冷又湿。太可怕了。我陪威廉在他的房间里坐了一会儿。我们一直和小猫影子玩。我抬动威廉的腿，一上一下，一上一下，让他一直活动。很可惜，热水疗法帮助并不大，目前也只能让威廉的几根脚趾头产生知觉，但是他的腿还是一直不能动，更不要说走路了。可是他的情绪却很好，一直咯咯笑。也许是因为圣诞节要来了，所以他才那么开心。兰博先生昨天来拜访，留在这里吃晚饭。只要有客人来，哪怕像是兰博医生这么好的客人，都意味着我们在厨房会有更多活要做。

1859年12月17日，星期六

当有人在周围的时候，汉姆斯先生还是把我当作空气那样不理我。

今天他留了一版《解放者报》给我，上面写着作者是威廉·劳埃德·加里森，一个来自波士顿的废奴主义者。我把报纸读给蒂婶婶和史贝西听。他们仔细听着每个字，里面讲的是关于废奴主义黑人的故事。

我读到里面有一个叫作索杰纳·特鲁斯的女人，

无论走到哪里，她都会做反对奴隶制度的演讲。即使有很多奴隶主号称要拿石头把她砸死，她依旧不停止演讲。她不惧怕任何威胁，因为她说的都是事实："奴隶制度必须瓦解，连根拔除。"

我好庆幸自己知道了索杰纳女士。我热切希望有一天能见到她。甚至也许等我自由之后可以见到她。又或者我们可以一起做废奴主义者。想象一下。但是，我该怎样才能像那个牧羊少年大卫一样勇敢呢？如果我能遇到索杰纳女士，可能她能帮我变得强壮起来，这样我们能一起终结奴隶制度。

1859年12月18日，星期天

维斯使唤木屋这边的人像使唤狗一样，不让他们有一丝喘息的机会，一直压迫他们，工作，日日夜夜都不停。他们要刷墙、劈柴，给牲畜喂食，干完这个干那个，没有一刻停歇。维斯不停地扯着嗓子怒骂，甩着鞭子。我真的好想把那条鞭子绕在他脖子上，再狠狠拉一下！他叫骂得越多，亨利老爷和夫人就越觉得钱花得值得。

1859年12月19日，星期一

今天下雪了，但还是不够大，没能积雪。威廉坐在床边，非常希望能够再玩一次雪。

"克洛蒂，你很不一样。"威廉好像在说一个事实那样对我讲。天哪，现在连威廉都开始注意到我了！谁会是下一个？

我假装自己不懂他在说什么。他接着说："你不像其他那些黑奴说话。你会说'正在说话'而不是'正说话'。你会说'我是'，而不是'我似'。你会说他们'曾经是'，而不是他们'曾经似'。很多类似的说法。你讲话几乎像一个白人那么好了。为什么呢？"

我耸耸肩，然后迅速地逃离了出去。梅西一直嘲笑我说话正式。莉莉夫人也那样评论过。现在是威廉。难道，罪魁祸首是我的学习？在写字的时候我一定要遵守语法，但是说话的时候，不能再那么标准了。不然，我会给自己带来麻烦的。

181

1859年12月20日，星期二

离圣诞节，还有五天。

有两个来自坎贝尔家族的人今天来贝尔蒙特做客。他们留到晚餐后才离开。那个年长的坎贝尔又矮又胖，有着一头银发，还有白胡子，但是穿着十分得体。他的儿子则又高又瘦。这对父子是来自田纳西州的赛马者，和亨利老爷一样。

这些内容是我在给他们端饼干和咖啡的时候听到的，我努力把所有片断都写下来。

"我们已经观察你们很久了，"那个年长的老人赛拉斯·坎贝尔说，"我很喜欢你们那个男孩骑马的水平。"

"他是弗吉尼亚最好的骑手了。"亨利老爷吹嘘道。

"他会更加厉害的，如果他能骑更好的马。"阿摩司，那个年轻的儿子说，"我们有更好的马，我们需要你的骑手。"

"你们想怎么样？"

"我们想要向你买下辛斯。"

我的心一下子都到嗓子眼了！差点把一盘子的甜点、咖啡、蛋糕都打翻，还好我及时拿住了托盘，没有把东西都掉到地上。这个男人太过胸有成竹的说话腔调，吸引了我的注意。

"没门！"亨利老爷答道，"但是，我们可以打赌。我的骑手对阵你们的马。如果我输了，你们带走辛斯，如果我赢了，你们把马留下。"

"成交！定个日子吧。"

"新年第一天。"

后来

我跑去告诉辛斯自己听到的事情，他一开始很震惊。

"这么说来，亨利老爷拿我去和坎贝尔家的马打赌？"他耸耸肩，回去继续给"能者"擦身体。所以，亨利老爷就是这么看待辛斯的？可以随随便便拿去和一匹马下赌约？

"万一你输了怎么办？"我问辛斯。

辛斯拍着胸脯说，"放心，我绝不会输的。'能者'是一匹好马，只是大家都不知道它的实力而已。亨利老爷一定计划这个很久了。每次他都叫我不要使出全力，每次，'能者'都还没有拼尽全力我们就能赢。所以，对付坎贝尔，我们绰绰有余。"

当辛斯说到这些的时候，我看不到他有什么担忧。现在我也只能希望他说的都是真的了。蒂婶婶，特别是史贝西都很担心。辛斯，千万不能输啊。

1859年12月22日，星期四

我们今天都聚集在门廊，看着圣诞树上的彩灯点亮。这棵树在我眼里并没有以前那么漂亮了。也许是因为维斯在这里，他毁了这里所有人的圣诞节。

就在我们大家辛辛苦苦终于把这个地方装扮好，来迎接圣诞节的时候，布里利·维斯去找亨利老爷，提出要缩短我们圣诞节休息的时间。据说他是这样和亨利老爷讲的，鉴于有那么多逃跑的事情发生，只要让我们一直忙着干活，我们就没有时间去研究逃跑这件事情了。

谢天谢地，还好亨利老爷意识到，如果他不让我们在圣诞节和新年之间休息，那么我们一定会反抗的。

"这么和你讲吧，"他告诉维斯，"今年我不会发探亲准许了。这应该就足够断了那些逃跑者的路了。维斯，还是谢谢你的建议。你做得很好。"

我在炉灰上写下了"卑—鄙"。卑鄙，维斯的脸就呈现在我眼前。对于原本打算在圣诞节去其他种植园探望自己所爱家人的那些人来说，这真的很糟糕。

1859年12月24日，星期六——圣诞夜

今天一整天都很忙碌，完全没有时间来写东西。大家都已经为圣诞节这个大日子准备好了，大房子，还有我们这里，一切都已经准备就绪了。天公作美，如果天气一直能像今天这样暖和的话，我们都可以把圣诞大餐挪到外面去吃了。

所有人都回去过圣诞节了。汉姆斯先生却没有回去，而是留在了这里。克拉丽莎和她的丈夫从里士满过

来。圣诞树已经装扮好了，袜子也已经挂好了，我们也已经准备了充足的奶油来做亨利老爷最喜欢的蛋奶酒。

夫人指挥大家一起唱赞美歌。一结束，我就溜了出来，直接跑去马厩，和蒂婶婶、史贝西一起。每年，我们木屋这里所有的人都会聚集在马厩里，一起吃圣诞大餐。这一切，都在维斯的监视下进行。

蒂婶婶端给他一杯蒲公英酒，维斯拿来喝得一干二净，他还吃了很多腌制猪蹄、烤红薯，还有玉米饼。蒂婶婶朝着我和史贝西神秘地眨眨眼睛，因为她悄悄地在酒里面放了药。

没过多久，我们就看着维斯像一条臃肿的大蛇一样，慢慢地蜷起身子，睡着了。整个派对他都在睡觉。他可能永远都不知道为什么今天他那么困。谢天谢地，还好有蒂婶婶的药粉，也还好有那个非洲女人把这些药的配方教给蒂婶婶。

1859年12月25日，星期天——圣诞节

今天是圣诞节——一整天呢。"圣诞礼物！"我们

清早起来第一件事情，就是要跑去亨利老爷的窗外要礼物。木屋这边的人们从大房子给老爷夫人们祝福完新年，拿到礼物后，就会赶紧回来开始一周的休息。但是我们在厨房工作的人还是不能休息。我们还是要不停地端茶倒水，送菜送饭，打扫卫生。

今天，梅西终于见到了莉莉夫人的另一面。梅西今天动作很懒散，还抱怨在圣诞节还要干活这件事情。就在那么一刻，莉莉夫人狠狠地在梅西的脑袋上打了一下。梅西的心里一定很不好受，特别是当着我的面被打。

当我告诉蒂婶婶和史贝西梅西被打的样子时，她们都要笑翻了。恶人有恶报。这就是她那样对辛斯的报应。

后来

今天，大房子里面的所有人都很欢欣雀跃，威廉能自己站起来了。能看到他重新站起来，我也感到很开心。这也是为什么他今天一整天都那么快乐。他知道一切来之不易。汉姆斯先生得到了很多感谢。就连莉莉夫人都不得不承认，多亏了汉姆斯先生的帮助，她的儿子才能够重新站起来。之后，他也能慢慢开始走路了。

我由衷地为威廉感到高兴。因为我也参与了帮助威廉得到今天的恢复。当他一个人的时候，我都在帮他按摩腿和脚趾，坐在他身边陪他。虽然没有人知道我做了这些，但是我知道就好，而能够帮到他，我打心底里感到高兴。

1859年12月26日，星期一

今天是圣诞假期这个快乐时光的第一天。在田里劳作的人今天不用工作。不过对于我们在厨房干活的人来说，却意味着加倍的工作量。有更多的盘子要端，更多的吃的要送。昨天晚上等忙完了亨利老爷的家宴，整理完厨房，我们就跑去牲口棚，在那里有个我们自己的圣诞集会。

蒂婶婶用我前几个礼拜偷偷地从厨房拿的材料做

了一个蛋糕。所有年长一些的人都站在一边做裁判。一些人已经拍起了朱巴舞的节奏。然后一对对男女走了上来，跳起了踢踏舞。辛斯和史贝西最先出来，他俩高高抬起脚步，踩着鞋跟。他们穿的是蒂婶婶用那些莉莉夫人分发的布料做的情侣装。大家不得不承认，他们两个看上去很般配。不仅如此，他们跳得也非常好。

我穿了妈妈做的那条裙子，戴着辛斯买给我的绸带。梅西也穿了克拉丽莎的裙子。但是我觉得我的裙子更好，因为这条裙子是妈妈做的。

这一次，蒂婶婶终于让我可以和辛斯以外的男孩子一起跳踢踏舞了。我和布迪·巴尼斯一起跳舞，他是克拉丽莎小姐的马车夫。他拉着我转来转去。

"克洛蒂，你看上去真的好漂亮。"布迪·巴尼斯对我说。我的脸一下子变得滚烫，脑袋感觉轻飘飘的，和布迪·巴尼斯一起跳舞的脚也轻飘飘的。我这辈子绝对不能忘记和布迪·巴尼斯一起跳舞的这段回忆，哪怕后来史贝西和辛斯赢得了踢踏舞的冠军。他们每人得到了一片蛋糕作为奖励。然后，我们大家都跑去分了一口。

梅西绝对是不折不扣的输家,但是她做的只是让自己变得更难堪。她不停地推搡着史贝西。现在,大家都知道史贝西和辛斯彼此互相喜欢了。梅西真的应该放弃了。

1859年12月30日,星期五

圣诞节休息周一下子就过去了。和所有节日一样,我还是有很多事情要做,楼上楼下不停地跑。给我拿这个,克洛蒂。把那个放到那边去,克洛蒂。克洛蒂。克洛蒂。我真希望我能换个名字。每天我们干完活就已经很晚了。今天晚上,艾娃·梅实在是累坏了,一干完活就倒头睡着了。我悄悄地走出厨房,免得把她吵醒。

1859年12月31日,星期六——新年前夕

在大房子里面,大家所有的谈话都是和明天的赛马比赛有关的。坎贝尔父子已经带着他们的马和骑手

来了贝尔蒙特。他们带来的那匹马，真的就像一个冠军马，叫作贝蒂之子。骑手的个子很小，像个男孩，但是他的脸上却都是岁月的痕迹。我听到坎贝尔家的人叫他乔西。

后来

坎贝尔家带来的三个黑奴都和辛斯一起住在马厩。他们也成了很好的舞伴。梅西看了一眼叫布克的年轻人，拉着他一起度过了一整个晚上。蒂婶婶说她是恬不知耻的野丫头。我和一个叫欧比的男孩子跳舞。他很风趣，脸上总挂着开心的笑容。但是，他的舞跳得真不怎么样，完全不能和布迪·巴尼斯相提并论。那个叫作沙德的男生却十分腼腆，不跳舞，不说话，派对还没有结束他就走了。

跳了几支舞之后，我就因为对牲口棚里面的稻草过敏开始打喷嚏了。每次我都会打喷嚏咳嗽。蒂婶婶把我带到外面好让我呼吸一些新鲜空气，又带着我去木屋喝了一些止咳的糖浆。当我经过马厩的时候，我看到沙德站在"能者"的马槽前。

1860年1月1日，星期天——新年的第一天

哦天哪，辛斯最后输了比赛！

我尽可能写下今天发生了什么。

今天早上，天气十分晴朗，阳光很好，但是还是很冷，万里无云。赛马的马道是从贝尔蒙特的前门一直到外面的大路，然后再回来，经过大房子，一直到河那里，再回来。大概有半英里的距离。

一大早，人们成群结队地在门口的空地聚集起来。到了快中午的时候，已经有上百个人了。正午前几分钟，辛斯牵着"能者"从马厩走出来。我总觉得这匹马有些不对劲。"能者"看上去像受了惊吓，一直跳跃，很难控制。我看到辛斯脸上担忧的表情，这也惊吓到了我。

到了正午时刻，枪响，"能者"一下子后腿站立起来，浪费了很多起跑的时间，这样无论它再怎么加足力气冲刺跑也追不上了。另外那匹马赢了。我们惊呆了，完全不敢相信自己的眼睛。辛斯一直都是常胜将军呀。

辛斯马上表示，"能者"一定是被下了药。他说得没错，而且我知道是谁做的，沙德！"我看见他昨晚待在'能者'的马厩。"我冲到亨利老爷面前告诉他，手指着沙德。他怒视着我。"求求你，救救辛斯吧！"我哀求道，"沙德一定对'能者'做了什么，我知道是他做的。我看见他了！真的！"

"我也看见他了，"蒂婶婶说，"昨天晚上的舞会他很早就离开了。"但是沙德却什么都没说，坎贝尔家的人也在那里很冷静。

大家开始窃窃私语，讨论了比赛到底发生了什么事情。坎贝尔叫了几个人，都是赛马好手来检查我们的"能者"，但是他们都说，没有什么迹象能说明这匹马被下药了。他们的眼睛是瞎了吗？"能者"的表现完全不正常。每个人都看得到。

之后的几秒钟就像几个小时那么漫长。坎贝尔家的人宣布比赛是公平的，所以他们赢了这场赌。人群开始欢呼雀跃。

"你骗了我，阿摩司·坎贝尔，你肯定使诈了。

但是我不能证明。"亨利老爷气得咬牙切齿。然后他下令叫他们离开自己的地方。

坎贝尔父子轻轻点了点他们的帽子，说回家前他们在附近还有事情要处理。说他们过几个星期会回来带走辛斯的。

"莉莉夫人，求求你，做些什么吧。"我祈求她，"我明明看到沙德昨天在马厩鬼鬼祟祟在干什么的。一定是他做的。求求你了，帮帮辛斯，不要让他被带走。求求你了。"

莉莉夫人抓着我的手臂，把我推到大房子。"收收你的眼泪，不要哭了。小心我真的给你点教训。你知道，只要你肯说，你就能救辛斯。"透过我眼睛里的眼泪，我可以看到她那双恶毒的眼睛，我知道，她绝不会帮辛斯。能撵走他，她高兴还来不及呢。不恨莉莉夫人真的很难。但是我更痛恨她心里面的冷漠和残忍。

后来

辛斯像疯了一样，不停地走来走去，不肯停下来，说他打死也不要跟坎贝尔父子一起走。史贝西则在软弱地哭泣："我希望辛斯千万别做什么傻事，比如逃跑。"蒂婶婶担忧地说道。我也希望他千万别干傻事。我要去做些什么，可是做什么呢？哪怕知道可以怎么做，但是在需要的时候还是做不了，那么知道又有什么用呢？我知道怎么写字读书，但是这些一点用处都派不上。此刻我觉得自己的脑袋就好像困在了狮子的嘴巴里，但是我要像丹尼尔那样，不惧怕。

1860年1月5日，星期四

这件事最后还是发生了！汉姆斯先生被出卖了。是辛斯告的密，但是辛斯又是怎么知道的呢？

后来

我们都聚在蒂婶婶的小木屋里。我努力把正在发生的事情都记下来，这样我们永远都不会忘记。

是史贝西告诉辛斯的。她说了我、汉姆斯先生，那个独眼男人，还有废奴主义者，所有事情。她希望我能够原谅她："我那么信任辛斯，以为他不会去告发汉姆斯先生的。"

我一直都认为，辛斯绝不可能去做告密者。现在他这么做，真的伤透我的心了。

如果他真的到了走投无路的时候，是不是也会告发我呢？

再后来

晚饭后，辛斯来到蒂婶婶的小木屋，因为他知道我们都会在。"我真的不想和坎贝尔的人去更南方的地方。我为什么要去关心一个白人的死活。不是他存就是我亡。"这些话从来都不像是辛斯会讲出口的。他一定是吓坏了。如果是我，我宁愿选择去更南方的地方。

蒂婶婶不停地搅拌着汤锅。她说："用这样的方式获得自由，会是一条不归路啊。汉姆斯先生的确是白人，但是他却是来这里帮助我们这样的人的。我们不该做出卖他的事情。"

"那么我该怎么办?"

"起码你要做些什么补救,让事情能够挽回。"之后,蒂婶婶的语气里带了恳求,她说,"孩子啊,千万不要用无辜的人的鲜血来换取你的自由啊。不然,你的灵魂,你的心,会痛苦一辈子的。"

辛斯低下了头:"我真的只是不想去更南方的地方。我也真的为汉姆斯先生感到抱歉。可是,不是他,就是我。而且现在,我也有想要关心照顾的人啊。"他看了看史贝西,但是史贝西什么都没有说。

我站在蒂婶婶边上:"汉姆斯先生本来可以告发我,卖莉莉夫人和亨利老爷一个人情的,但是他什么都没有做。我欠他的。我要做些什么来帮他。"

现在,我感觉自己好像落入了某种轮回的魔咒里。我不能一味责怪辛斯却不想想自己的所作所为。我告发了沙德,我以为这样能救辛斯,而且我也一点不在乎沙德的安危。现在,辛斯为了他的自由告发了汉姆斯先生。他只是不想去更南方的地方。我能理解他对自由的向往,但是,靠告发汉姆斯先生来获得自由,这样做不对。

现在，我感觉我们好像以色列人站在红海面前，法老的军队已经驾着战车追过来了。我们的背后就是深渊。汉姆斯现在被绑在书房里面，等着郡长到来。上帝啊，请千万帮帮我们，把红海的水推开，让我们能够跨过去①。我们需要一个计划。

1860年1月6日，星期五

我们想到了一个法子，可能能救汉姆斯先生。不管这个法子是否有用，我们都要去试一下。我们不能就这么看着他去死。上帝啊，求求你，请你像帮助那三个困在火炉里的男孩那样，来帮助我们。

1860年1月7日，星期六

我依旧又冷又怕，不停地发抖。昨天下了一夜的

---

① 《圣经·出埃及记》中的故事，当时以色列人在摩西带领下逃出埃及，却遭到埃及部队追杀，前面被红海挡住了去路，这时上帝显灵，指挥摩西用一根牧羊杖分开了红海，让他们得以逃脱，之后红海又回归原样，挡住了埃及的部队。以色列人得以逃脱，重新建设自己的城市。

雪，所以郡长在下午之前是赶不过来了。事情就是这么发生的。

当郡长和维斯赶到大房子的时候，史贝西和我悄悄地溜到边门那里，躲在茶水室，这样我们就能偷听偷看在大客厅将要发生的一切。也许汉姆斯先生现在很害怕，但是他一点都没有表现出来。他和第一天到贝尔蒙特时一样，一样的奇怪，一样的邋里邋遢，一点都不像图片上的那些勇敢无畏的废奴主义者。

就像我们之前在小木屋里面计划好的。辛斯说，他看到过汉姆斯先生在河岸边上和那个独眼男人说话。"就是那个帮助黑奴逃跑的独眼男人。"辛斯演得真像那么回事。

汉姆斯先生说，辛斯说的都是假的。"我压根就不认识什么独眼男人。"这样很好。我们也预料他会这么说。

接下来就是史贝西的表演时间了。她真的非常紧张，我只好在后面推了她两次。然后，她一下子冲进屋子里面，尖叫起来。"噢，求您了，亨利老爷，千万不要伤害汉姆斯先生。他什么都没有做。辛斯在撒谎。只是因为他嫉妒了，因为……因为我和汉姆斯先生，所以他嫉妒了。快点告诉他们，辛斯，告诉他们真话。"史贝西表现得真的比我们在小木屋里面演习得还要好。我希望汉姆斯先生能明白我们在干什么。我一直都没有机会告诉他，那天我撒谎告诉维斯，汉姆斯先生看上史贝西的事情。

"我说的就是真的！"辛斯回答得恰恰好。

房间一下子变得很安静。亨利老爷惊讶得张大了嘴。莉莉夫人也惊得说不出话来了。

"这里？在贝尔蒙特？我都为你们害臊！"她说道，长长地叹了一口气。但是汉姆斯先生仍旧站在那里，一句话都不说。

郡长在房间里面来回踱步。"现在我们有两个老黑的证词，但是两个人说的都不一样。我们怎么才能知道真相呢？你到底有没有和这个丫头在一起？"

汉姆斯先生还是不回答。维斯身体倾向亨利老爷，说："这样的，我的确有听说过，汉姆斯看上了那个丫头。"这个也是在我们的预料中。但是，接下来发生的事情，却着实让我大吃一惊。

"史贝西说的是真话。"威廉突然从门廊那里大声说道,"我看见她去汉姆斯先生的房间,去过很多次。上次我还听到史贝西和辛斯在马厩那里吵架。也许,辛斯就是嫉妒了,所以撒了谎。"

这些就是我们所需要的,两个白人的证词,哪怕其中一个是小男孩。郡长把汉姆斯先生身上的绳子解开了,说他不能把汉姆斯先生带走,因为证据不足。

现在,我终于可以松一口气了。我们做到了!我们救了汉姆斯先生。我觉得,我们好像刚杀死了一个巨人怪那样。

后来

郡长一走,亨利老爷就狠狠地扇了史贝西一耳光,打得她直接摔倒在地上,滚到了墙角那边,头狠狠地撞在了墙上。我觉得,史贝西是世界上最最勇敢的人,她比索杰纳·特鲁斯还要勇敢,比所有这些废奴主义者加起来都要勇敢。史贝西知道她会遭到惩罚，但是她还是愿意蹚这浑水来救汉姆斯先生。我看到辛斯紧闭双眼，攥紧了拳头。他快要忍不住了。我希望他千万要冷静。

我记得巴克莱老爷的黑奴吉普，当时他没能忍住怒火，一下子爆发起来，夺走主人的鞭子，拼命鞭打他的主人。最后，他们绞死了吉普，他死的时候还在微笑。有的时候，我猜想，人们总会对殴打，对酷刑麻木。可是，我不由地想知道，当人们看到自己所爱的人被狠狠扇耳光，吃不饱，还要做很多活累得半死的时候，他们会麻木吗？我看到，当亨利老爷那么打史贝西的时候，辛斯差一点就要忍不住动手了。好在他把持住了，因为我们的计划还是有效的。

汉姆斯先生一动没动，甚至很难看到他是否在呼吸。只是我觉得，恐怕我也吓得一直不敢呼吸了吧。

"你究竟是一个怎么样的南方人？"亨利老爷质问道，嘴里都是愤怒的话。"你来了我的房子里，睡了我的用人，然后呢，你还要掉头来抢我的财产？你用那些该死的什么地下铁路，来偷走我的财产？"

"先生，我只是一个家庭教师——"

"不，不。"不等汉姆斯先生说完，亨利老爷就打断道，"我相信辛斯说的是真话。"

这也是我所期待听到的。现在，我终于可以松一口气了。

"你知道我怎么知道的吗？辛斯只是不想离开贝尔蒙特，这里是他唯一的家。你们这些废奴主义者压根就不懂，也永远不会懂，我们的黑奴爱我们。他们只是因为你们这群人跑来向他们洗脑什么自由自由的，才会逃跑。——自由能当什么用？他们就像小孩子——靠自己根本活不下去。"

好在此时辛斯和汉姆斯先生都明智地没有说话。他们由着亨利老爷一个人自说自话，自己骗自己，以为我们这些黑奴还愿意当奴隶了。

后来，莉莉夫人站了起来："你帮了我的儿子，这也是为什么我阻止我的丈夫杀你。但是，你最好离开贝尔蒙特，在我改变主意之前，快点滚吧。"说完她就转身离开了。

到目前为止，我们的计划算是——成功了。

星期六夜里

只有我和威廉站在门廊上，很冷，但是我们还是挤在一起，看着汉姆斯先生把行李装到马车上。我们三个都知道，威廉撒谎救了汉姆斯先生。他怎么可能看到这些呢，史贝西压根从来都没有去过汉姆斯先生的房间。他也不可能看到辛斯和史贝西吵架，因为他俩从没有吵过架。威廉知道，我知道他在撒谎，但是我们以后再也不会提起这件事情了，我很确定。

威廉一定很难过，这也正常，因为汉姆斯先生真的是一个非常好的老师。维斯站在一堆书边上。他用手枪指着汉姆斯先生的脑袋，看着汉姆斯先生爬上马车。"拜托，为什么不能让我把书带走呢，你为什么要烧了它们？"

在亨利老爷示意下，维斯点亮了火柴，然后这位家庭教师的书就变成了火焰。与此同时，维斯拍打了马匹，马车一路向前，驶向主路。这一幕那么陌生，和我第一次看到汉姆斯先生，驾着马车从主路过来到

贝尔蒙特的场景完全不一样。看到他离开，我感到很
难过。但是，我依旧庆幸他还活着。

1860年1月8日，星期天

蒂婶婶一直让我跟她讲那天发生的事情，我都已
经讲了不下十遍了。每当我说到史贝西被打那段时，
她都会说："愿上帝保佑你，我的孩子。"史贝西的眼
睛肿得很厉害，但是有蒂婶婶小心地照顾着她。

"你是怎么变得这么勇敢的？"我问史贝西。

"我希望我能像你那样聪明、勇敢。全靠你的主
意。我只需要按照你跟我讲的去做就好，虽然，你真
不知道，全程我有多怕，我怕得要死。"

后来

梅西不停地在讲史贝西是个多坏的女孩。"辛
斯绝不会要你这样的女孩的。"也只有梅西会说这样
的话。

1860年1月9日，星期一

没有一种寒冷能和一月的冷比，一月的冷，是刺骨的。一月的刺骨寒冷，有再多的火也没有用。一月里，在田里工作的人，最多时候做的就是去翻找看看有什么能带回来吃的，然后找一个温暖的地方。木屋这边的小小孩，绝大多数都没有鞋子或者保暖的衣服，他们不是冻伤就是冻得生病了。母亲们只能一直来蒂婶婶这里拿药膏或者树根做的药粉。我继续在厨房和大房子努力干活，然后尽可能多地偷拿吃的回来。

1860年1月10日，星期二

今天莉莉夫人把我叫到她的房里，不绕弯子，直接问我为什么不告诉她汉姆斯先生和史贝西在一起的事情。

"我真的不知道呀。"

她用双手抓着我的肩膀，然后叹了一口气。"克洛蒂，你可是我最宠信的用人。你那么聪明，那么漂亮，和你妈妈一样。你知道吗？我们小时候是最好的朋友。我们一直在一起大笑，就像两个傻姑娘一样。然后我们一起长大……她为我和我的姐妹们做了最美丽的婚纱。"

"然后，你还是把她送走了。"老天啊，快来管管我的嘴吧。

莉莉夫人看着我的眼神一下子严厉起来。"你继续说啊。出去！"她说，"你这个没用的东西。"

1860年1月11日，星期三

亨利老爷兑现了他的承诺，今天，他给了辛斯自由。当我在他的书房打扫的时候，我偷走了一些纸。然后，我用这些纸做了一本册子。我拿的纸里面有一张还有亨利老爷的签名。只是辛斯现在还不能走，因为亨利老爷说，还有一些文件要送到郡法院去处理。

星期天

现在，汉姆斯先生也走了，我们也没有了学习时间。没有人告诉我今天的日期了，但是我知道今天是星期天。

梅西让木屋的人们都相信，史贝西是个坏姑娘。这阵子，辛斯也只能和史贝西保持距离了。不过，只要辛斯和史贝西知道真相，就够了。

蒂婶婶的汤罐里面的菜越来越少，完全不够我们大家吃了，虽然这也没办法。但是她还是继续尝试，分享着我们所得到的东西。"这个种植园，让我们变成了家人，"她说，"不是因为血缘，而是因为我们一起所经历的。"

一月的严冬

我的手指冻僵了，我的脚冻僵了，我的鼻子也冻僵了。今天我一直都在咳嗽。我感到头疼得厉害，这好像是我生命中最冷的冬天了。我一直靠着火炉，但还是感觉冷。

在厨房的时候，屋子里一直都很暖和舒服。我稍微睡了一会儿，但是醒来还是觉得累。我要去问莉莉夫人，问她从大房子的阁楼房间里拿一些旧毯子。

今晚，大家都聚集在蒂姗姗身边。他们希望从她身上获得希望的力量。有人轻轻唱道——

荆棘丛里有兔子，

树上有松鼠，

真希望我能去打猎啊，

可是我却不自由。

公鸡在鸡笼里

母鸡在草丛里，

我很想去射击，

可是我却不自由。

"明天我们会有吃的，"蒂姗姗说，"大家不要担心。"

第二天

很多时候，莉莉夫人都是冷酷无情的。但是今天，她的内心深处似乎还找到了那么些善心。我告诉了她木屋那里的情况有多糟糕。"今年的冬天特别冷。"她让我们拿了一些旧棉被、衣服和鞋子到木屋那里。一箱箱的东西，就好像圣诞节又重新过了一遍。

就在莉莉夫人忙着在阁楼指挥我拿这个拿那个的时候，蒂婶婶悄悄地溜进鸡棚里，眼疾手快，掐断了两只母鸡的脖子。她混着面粉团子放在锅子里面煮了起来，没有让一个人发觉。用她自己的话来说，她是行家。今晚，我们总算饱餐了一顿。

过了几天

我的头好痛。手臂和腿也疼。就连牙齿都疼。我今天一点都写不动了。

二月初

我不知道今天是星期几。我只从大家口中知道，我病得很重，发了高烧。蒂婶婶和史贝西用茶叶、药膏帮我降温，但是只有我知道，是妈妈，是妈妈的爱把我拉回来了。

我记得当我发烧的时候，我梦见了妈妈。我梦见她轻轻地向我走来，那么温柔。"快快好起来啊，我的女儿。要活下去，要坚强。"然后妈妈又说了一些话，是以前鲁弗斯经常说的，我却真的还不明白其中的意思，"上帝给的你越多，你就要付出越多。"接着，我看到鲁弗斯站在妈妈的身边对我说："上帝给了你许多，克洛蒂。你会读会写，但是其他人都不会。现在，你应该让你所学的东西派上好的用处。好好利用你的能力。"

用这些能力来干吗呢？

一星期后

我已经慢慢康复起来了。只是，头还是晕晕乎乎的。我回到了大房子和厨房干活。

午饭结束后，在洗完了所有盘子以后，我踱步走到树林里。现在已经不怎么冷了。积雪几乎都化掉了。我走到墓地区，在贺玻叔叔的墓前待了一会儿，我想起了鲁弗斯、阿吉、乌珂，还有那个小宝宝诺亚。他们没有能够活下来。然后我一路走向河边。

我在泥泞的地上写了"自一由"。我还是什么都看不到。也许，我的那个梦是告诉我，我应该逃跑，去费城、纽约、波士顿，然后用我的学到的读写能力来帮助废奴主义者。妈妈，这是你要我做的吗？我该怎么逃跑呢？

星期一

我知道今天是星期一，是因为今天莉莉夫人来厨房补充面粉、糖和其他吃的东西。她拿了一条非常漂亮的围巾给梅西。但是当她经过我的时候，却趾高气扬地发出啧啧的声音。突然我明白了，莉莉夫人，其实还是像一个被宠坏的傻姑娘，玩弄人们的生命，只为那些无聊的钩心斗角。她就像一个长不大的小孩子，却活在一个大人身体里面，真可怜！

星期二

冬雪都融化了，天气也越来越暖和。但是蒂婶婶说，这些都是假象。我踱步走到树林里，不知不觉就走到了当时看到汉姆斯先生和独眼男人讲话的地方。

我突然听到树枝被踩断的咔嚓声。我停了下来，死死地站在那里，聆听，等待——其实我也不知道自己在等待什么。

"克洛蒂，快到这里来。是我，我是汉姆斯。"

能看到汉姆斯先生我真的好激动。我告诉他很高兴可以再见到他。他问我为什么会在这附近。"先生，我也不知道。不知不觉就走过来了。"我心里一直都相信，是妈妈指引我来到这里的。"我以为你现在在波士顿。"我说。

"不，我不在波士顿。"他笑起来，"但是这将是我在这里安排的最后一次逃跑行动。我和我的伙伴在这一带太显眼了。我必须离开这里，然后我们会再找一组人来的。"

"那么，谁会是来做贝尔蒙特的调度员呢?"我问他。

"暂时，我们不会在贝尔蒙特安排调度员了。情况太糟了，我们也不想这样的，贝尔蒙特是我们整个'铁路'网络中很重要的一站。"

但是废奴主义者以后还是会再找一个人来的，不是吗?

我突然挺直身体。"先生，我想跟着您一起逃跑。我会努力工作，只要能帮助那些废奴主义者，让我做什么都行。求您了，请带上我吧。"

"克洛蒂，你完全不用求我。你当然可以跟着我走。在下一个月亏之夜，到这里来找我。记住，带上足够的水，还有旅行用的灯，其他只要带上必需品就好。一路上将会非常危险，克洛蒂。其实，你已经在危险中了，你是一个了不起的女孩子，我们废奴主义者为拥有你成为我们一员感到很骄傲。"

汉姆斯先生拥抱了我。"小心点，我的小克洛蒂。告诉史贝西，谢谢她为我所做的。我有一种感觉，这件事情你也参与在里面。"我点点头。"还有，告诉辛斯，我并不恨他。其实，如果站在他的角度，我也会做同样的事情。"他停了一下，说，"如果可能的话，找机会，替我谢谢威廉。"

星期三

我把我见到汉姆斯先生的事情，告诉了蒂婶婶和史贝西。我也告诉了她们，他计划在下一个月亏之夜安排另一次逃跑。但是无论我怎么劝说，蒂婶婶都不答应和我们一起走。不过，史贝西想要一起逃跑。因为只要等手续齐全，辛斯就自由了，就可以离开。

"我已经很老了，孩子，"蒂婶婶说，"而且，我不能放下你们的贺玻叔叔。我要和他在一起。等我死了，我也要和他葬在一起。但是，亲爱的，你们走！你们应该去追寻属于自己的自由。"

不带上蒂婶婶就逃跑？那对于我而言，不就像再一次失去妈妈的感觉吗？

第二天

坎贝尔父子在他们回家的路上，顺路来贝尔蒙特。"我们来带走我们的财产。"塞拉斯·坎贝尔说。

"但是他已经是个自由人了。"亨利老爷答道。

我假装努力地一个个擦拭老爷房子里面的门把手，才能把他们说的话，一字不落的听下来。

"你没有权力把不属于你的财产再卖出去了。"

"那么，我们只好法院见了。"亨利老爷说。

"我们会的。法院见！"坎贝尔父子说，随后他们又返身策马离开了。

那么，我们现在可以做些什么呢？

又是星期一

因为汉姆斯先生的离开，莉莉夫人不得不自己来教威廉，以确保他能考上奥佛顿公学。叫我说，还是不要教的好。从莉莉夫人那里，威廉什么都学不到。

现在，威廉已经能靠两根拐杖走路了。相信过不了多久，他就能甩掉拐杖，自己走路。

威廉看到我在门廊那里看他时，朝我挥了挥手。晚些时候，我去了他的房间。他正在和小猫"影子"玩耍。

"要是汉姆斯先生有机会的话，他一定很想和你说一声谢谢的。"我说。

"我确定他已经说了。"威廉回答道。

我想，我的口信已经送到了。

一星期后

我是怀着沉重的心情写下这段话的。法官宣判说辛斯并没有自由，因为在亨利老爷给他自由时，他已经不属于亨利老爷了。亨利老爷签发的自由声明，一点法律效应都没有。

下个星期一，坎贝尔父子就要来带走辛斯了。我的眼泪都要哭干了。蒂婶婶和史贝西也是。我们必须擦干眼泪，想想办法来帮辛斯。

星期一（我猜）

就在你觉得事情已经糟糕到不能再糟的时候，总会有其他的坏事情发生。天气也是。当我们以为春天来了，天气终于回暖时，今天又下起了大雪，下了一整天。

我在亨利老爷的书房打扫时，突然看到了一张文书。上面写着，他要把史贝西卖给一个叫莫贝尔·阿拉巴马的人。下个星期二他们就要来带走她了。

史贝西和辛斯说，他们俩宁愿死，也不要分开。听他们说到"死"字，听得我突然觉得背脊发凉。

"我们该怎么办呢？"史贝西问我，看上去真的可怜极了，"你是我们中最能出主意的人。你的主意上次救了汉姆斯先生。你能不能也想个法子，帮帮我和辛斯？"

在"地下铁路"上，我们有废奴主义者和调度员来帮我们。但是，我们时间不够，等不及了。这一次，我们要自己逃跑，但是我们先要做一个万无一失的计划。

星期六

当我读史贝西的《圣经》时，我翻到了一页，上面有人写道："我的小宝贝女儿出生在1844年2月28日。"

我拿给史贝西看。"一定是妈妈写的。"她说，用手指轻轻抚摸着上面的字迹，"妈妈和你一样，能写能读，克洛蒂。"

"也和你一样，史贝西。你已经知道怎么写字了，而且你也认识了许多字。再多练习一下，你就能写一手漂亮的字了。"

"我的妈妈，想叫我罗斯。"史贝西说。

我在史贝西的《圣经》上写道："**史贝西的真名叫作罗斯。**"

我问她："你相信《圣经》里面的话吗？"她点点头。"我现在把你的真名写在了《圣经》里，这个是你妈妈给你取的名字。罗斯。从今往后，你就叫罗斯。"

午夜之后不久，星期天清晨

今天外面有很大的暴风雪，我们只能搁置了逃跑
计划。但是，我们必须在明天之前执行。

星期一

启明星一旦出现，我就开始我们的计划了。我们
把史贝西打扮成一个黑人男孩。我给了她一个包裹，
"这是我们一起缝的被子，"我告诉她，"可是你应该
留着它。"史贝西完全没有时间和我争辩了。

辛斯看上去像足了一个白人。我从大房子的阁楼
里，偷出一套亨利老爷的旧西装给辛斯穿上。"我以
前从来没有穿过成套的衣服。"辛斯说。我们把史贝
西的《圣经》给他，让他拿在手里。"你看上去就像
一个白人传道士了。"蒂婶婶说。她紧紧拥抱了他们，
然后让他们带上足够一天的饼干和水。

是时候出发了。"你们知道该怎么做，对吗？"

就像我们计划好的，我们偷偷跑到马厩，辛斯牵出了"能者"。我们一直都非常小心，尽量不发出一点声音。我陪着他们一起走过了树林、墓地，走向河流。之前，我已经和他们拥抱过，道过别了。于是，我就看着他们骑上马，一路沿着河岸朝着下游跑去，一直等到他们跑出了我的视线。

我偷偷地从果园这边溜回去，回到了小木屋里面。我和蒂婶婶相互拥抱，一直到了黎明到来。直到这个时候，我才终于不发抖了。

星期二

一直等到坎贝尔父子来到贝尔蒙特，大家才发现辛斯和史贝西不见了。亨利老爷冲进蒂婶婶的屋子，要我们告诉他辛斯和史贝西到底去哪里了。

蒂婶婶一直都很冷静，她说："我们真的一点都不知道。当时我们还一起睡下的，等我们醒来的时候，才发现他们不见了。"

"我一个字都不相信。我一点都不相信你说的话!"亨利老爷怒吼道。

坎贝尔父子看上去并没有显得不安,他们说:"既然如此,我们就要带走坎特伯雷之眼作为补偿。"可是,当他们跑去牵马的时候,发现马也不见了。坎贝尔父子说,是亨利老爷在耍他。他们要把他告到法庭去。

亨利老爷的语速突然加快,他说,"我会把你的损失赔给你的,"他又说道,"也会补偿给你带来的一切'不便之——'(他说了一个很长的词)"

"现金。我们要现金,不要支票。"塞拉斯·坎贝尔说。

过了没多久,来买史贝西的奴隶主也来了。"那两个人逃跑了。"亨利老爷告诉他。他只能把他们买史贝西的钱退还给人家。

我在那里偷偷地乐了一早上。他真的是活该。威廉和莉莉夫人出来站在门廊上,木屋那边的人也纷纷跑过来看发生了什么。莉莉夫人差点都气晕了。但是此刻大家都顾不了她了。

亨利老爷和维斯出发去找辛斯和史贝西的时候,

他们已经跑很久了。我心中的快乐比丹尼尔和大卫两个人加起来还要多。

第二天

我研究了今天的太阳。它和之前几天都不一样。我感觉冬天真的要结束了。我们还会经历许多寒冷的日子，但是最痛苦的那段时间已经过去了。我们终于熬过去了，千辛万苦。

之后一天

亨利老爷搜寻辛斯他们回来了，他说已经找到了辛斯和史贝西，而且已经把他们杀死了。但是他却什么证明也拿不出来。而且，"能者"在哪里？如果他真的抓住了他们，他一定会把马带回来的。我一点都不相信他。我也不会相信他。辛斯和史贝西一定成功了。如果他们真的被抓住了，我一定能感觉到的。

当天晚一些时候

　　今天晚上没有月亮。今天，是我准备逃跑的日子了。我本来应该很开心的。我是一个废奴主义者，我也希望结束奴隶制度。我不能忍受继续在种植园当一个黑奴了。

后来

　　汉姆斯先生说，"地下铁路"在贝尔蒙特现在没有调度员了。如果这一站结束了，那么其他逃跑者到了这一站的时候该怎么办呢？有一些人就很有可能会被抓住。有些会像鲁弗斯、阿吉、乌珂和诺亚宝宝那样淹死。但是，如果能有个人在这里帮助他们，给他们指路呢？

后来

　　"地下铁路"的这一站绝对不能没有调度员。

晚上，没有月亮

一个没有月光的晚上，阴森又恐怖。特别当你走在树林里，天上还都是云。

我唱起了"地下铁路"的歌，汉姆斯先生告诉我，这首歌是找他的暗号。

深不见底的河水就在眼前。
但是上帝啊，请保佑我，
我要过到河那边去……

正如我们计划好的，汉姆斯先生来见我，当他从黑暗里出现的时候，真的好像一个鬼魂那样难寻踪迹。我突然觉得，如果"地下铁路"能够保证畅通，中间没有中断该有多好。不然，逃跑者不仅要害怕后面的追捕，还要担心前面没有了接应该怎么办。

"史贝西和辛斯不和你一起走了。"我说，我告诉了他我是如何计划帮助他俩离开的。

"我已经听说他们逃跑的事情了。"汉姆斯先生居然已经知道了？

"你有没有他们的消息呢？他们是不是还活着？"我的心突然怦怦直跳，担心听到一些什么坏消息。但是我相信，坏消息也总好过什么消息也没有。

"我们的调度员告诉我，史贝西和辛斯现在正顺着北面的河流往上，一路去加拿大。你怎么会想到这么好的计划的呢？"他笑着问我。

在我看来，这个计划真的很简单。辛斯假扮成白人，带着他的黑奴去旅行。当他们到了里士满后，辛斯把坎特伯雷之眼卖给了一个好心人，他可以给"能者"更好的照顾。我已经伪造好了一切文书，证明亨利老爷已经把马卖给了辛斯·亨利——亨利老爷的侄子。我也在文书里面仿造了亨利老爷的签名。

辛斯用卖马的钱，买了他去往北方的第一程船票，正如我跟他说的。

"我们中的一些人在船上，他们告诉我，辛斯在船上和一群富有的年轻女生赌博，赢了一大笔钱。他看上去非常迷人。"我都能想象辛斯现在的样子，调侃着，微笑。没有人会怀疑他是一个正在逃跑的黑奴。

"现在，轮到你了，克罗蒂，逃离这个地方。"汉姆斯先生说。

"但是，你找到人接替你，做贝尔蒙特的调度员了吗?"

"还没有。"

"那么我不跟你走了。我要待在这里，做'地下铁路'在贝尔蒙特这一站的调度员。"

第二天晚上

昨天晚上我一整晚都没有睡好，哪怕我睡着了，也是断断续续的。我的决定是对的吗?我眼前一直都浮现出妈妈的脸。她在朝着我微笑。这让我感觉好了很多。

汉姆斯先生答应我今晚会在河边再和我碰头。我也如约过来了。

"做调度员对你来说太危险了，"汉姆斯先生说，

"你还只是一个孩子。"

"先生，我只是年轻，恕我直言，但是我不是一个小孩了。"我告诉他，"我是一个废奴主义者，而且现在这里需要我。不管怎么说，是我出的主意，把你从郡长那里救了出来。也是我设计的计划，帮助辛斯和史贝西逃离出去。我做得到。"

"哦，我不是那个意思。我绝对相信你能完成任务。"汉姆斯先生说，"你是一个了不起的年轻姑娘，我为你感到骄傲。但是，你自己不想得到自由吗？"

关于这个问题，我已经问了自己很多次了，我知道自己的真实感受。"是的，先生。我想要自由。但是我更想要的是所有人都能够得到自由，从此没有奴隶制度。我从你给我的报纸里面读到，奴隶制本身就是不对的。这也是为什么我选择留下，因为我要为终结奴隶制度，出一分力。"

汉姆斯先生的脸上都是惊讶，但是他也很欣慰。"比起绝大多数的人，你对自由有更深入更好的理解。"汉姆斯先生说。现在换作我惊讶了。"自由，是你有选择的权利，并从中得到教训。"他说，"你选择留在这里，那么，只要你愿意，你随时都能做这里的调度员。但是记住，一旦有一丁点危险或者暴露的信号，你就要立刻离开这里。答应我！"

我答应。

进入三月

我们开始犁地来播种新的庄稼，干这个活，我的背都要断了。我再也不像以前那么担心了。我不让害怕影响我的工作。我已经开始慢慢地教那些值得信任的黑奴写字。这个还是让我担忧，因为我知道，只要一丁点酷刑，他们就会把我招认出来。但是我顾不上这些了。如果我不教他们，谁还会来教他们呢？

莉莉夫人打发我到田地里面干活。我反而很庆幸，因为这样我能做出更多的选择。我终于明白为什么史贝西喜欢这里了，为什么她想要远离莉莉夫人和亨利老爷。他们太卑鄙刻薄了。维斯也是。

自从史贝西和辛斯逃跑后，维斯对我们就变本加厉了。我们已经很努力地避免让他抓到把柄来鞭打我们，但是他总是能借着各种缘由来鞭打我们。但当我开始教大家读书写字，当要安排某个人逃脱时，我们总能找到方法控制住维斯。你看，他现在很喜欢蒂婶婶的树根茶，所以，每一次，我们只需要放上一点安眠的药剂，他怎么都不会发现自己为什么会睡得那么沉了。

星期天

就在不经意间，春天已经悄然而至。复活节来了又去。接下来，就是蒂婶婶的生日了。

果园的果树在几个星期前就已经绽放。再也不会有霜冻来犯，所以今年，苹果一定能有一个丰收之年。贺玻叔叔的花园也开满了鲜花。亨利老爷终于意识到，要让贝尔蒙特的土地变得漂亮是一件多么辛苦的事情。

1860年4月

我已经有很长一段时间没有写日记了……也许

差不多有一个月了。因为我不在大房子工作了，所以很难再从老爷的书房偷到纸张来补充我的日记本。但是我还是会在炉灰里写，我也一直都这么做。通过这样，练习写字，顺便也教其他人识字。

威廉最后去了密苏里的学校，莉莉夫人气得要死，因为那不是奥佛顿公学。我有一种感觉，这个男孩受了汉姆斯先生的影响，也许比大家想象得还要多。谁知道呢？也许有一天，威廉会变成一个废奴主义者。到时候，莉莉夫人不是要更不能容忍了吗？

亨利老爷最后对艾娃·梅糟糕的厨艺实在是忍无可忍了，把她打发回田地里面，然后，他又带来了一个新厨子，从新奥尔良来的。新厨子喜欢用很多胡椒。再也没有人能够像蒂婶婶那样做出那么好吃的炸鸡和腌土豆了。亨利老爷心里面完全明白。

梅西现在俨然成了莉莉夫人的走狗。梅西再也不回木屋这里来了，甚至不回来看她的母亲。梅西每天都穿着各种好看的裙子，但是跟着莉莉夫人，她也不会真的过得快乐的。

这些天，蒂婶婶一直都很忙碌，忙着收集各种野生植物，做草药，给新生儿接生，也帮着我一起策划许多逃跑计划。过几天，又有一群人会经过贝尔蒙特。

1860年4月，满月

蒂婶婶唱起了暗号——

慢慢地摇晃，我亲爱的马车
请来这里带我回家……

一群由三个人组成的逃跑者今天晚上到达了贝尔蒙特中转站。他们中有一个女孩才只有十岁。她吓坏了。我把"小不点"塞在了她的手里。"它一直都会陪在你的身边的。"我说。这个女孩勉强挤出了一丝笑容。我帮他们伪造了通行证。蒂婶婶为他们准备了食物和水。

没过多久，一个穿着黑袍的男人划着船来到河岸边，他的船桨不发出一点声音。"快点过来。"他是我的搭档，但是我们从来没有交谈过，也没有见过彼此。这样会更安全。他的声音听上去像个外国人。"下回见。"他说。我从来没有见过他的长相。很快，这些逃跑者静悄悄地爬上了小船，划走了。直到他们离开我的视线，我才长长地松了一口气。

现在，挨着蒂婶婶坐在小木屋里，我突然觉得，留下来的感觉真好。总有一天，我会看到费城、纽约，还有波士顿。也许明年，我也会自己逃出去，又或者后年。但是在那之前，还有许多事情正等着我去做。

第二天

我剩下的纸和树莓墨水，只够我再写一次日记了。

早上的钟声马上就会敲响，我又要去田里干活了。我写下"自——由"。自由。我由着记忆在脑海中回放。汉姆斯先生现在安全了，他还在继续着自己的事业。辛斯和史贝西也已经自由了，并且在一起了。我想起昨天晚上帮助的那个小女孩，不由自主地微笑起来。我的木娃娃"小不点"，比我早一步得到了自由。自由。我记得那天晚上，汉姆斯先生说到了选择。现在，我盯着这个单词，一遍遍地看。第一次，自由在我的脑海中呈现出一幅清晰的画面——

那个画面里，是我。

尾 声

1939年夏天，露西尔·艾佛里采访了当时已经九十二岁的克洛蒂·亨利。露西尔是位于田纳西州纳什维尔的费斯克大学的学生，她和其他许多作家，受雇于政府去拜访那些年老的黑奴，并记录下他们的故事。克洛蒂的故事于1940年夏天第一次出现在《弗吉尼亚编年史》之中。

艾佛里小姐在克洛蒂位于弗吉尼亚汉普顿的家中采访了她。在这两个月期间，克洛蒂分享了她的日记、照片和报纸。根据艾佛里小姐的研究，我们知道，克洛蒂当时担任着"地下铁路"组织的调度员，帮助了超过一百五十个黑奴最后得到自由。同时，她还是南北战争时期（1862年至1865年）联盟军的内应。尤里西斯·辛普森·格兰特将军，因为她的英勇表现，还特别表彰了她。

战争期间，贝尔蒙特发生了很大的变化。布里利·维斯和老埃德蒙·拉芬在萨姆特堡打响了第一枪。亨利老爷在弗雷德里克斯堡的战役中失去了手臂，而当北方联军攻克贝尔蒙特在贝尔蒙特扎营，并且将大房子改建成联合医院时，莉莉夫人彻底疯了。蒂婶婶用她关于树根和草药的知识，救了很多士兵的性命，哪怕那些军医不相信她的能力，还笑话说那是伏都教[①]。但是，当她最后救的性命超过军医时，他们都不由得折服了。蒂婶婶于1864年的圣诞节死于霍乱。在她死后的几个月，战争就结束了。她被安葬在种植园的墓地区——贺玻叔叔的旁边。梅西在她母亲死后，也逃走了。她后来嫁给了一个坦克部队的士兵，去了西部。

战争结束后，汉姆斯先生安排了克洛蒂到北部旅行，在那里她受到了英雄般的欢迎。经历了几次生意失败后，汉姆斯先生搬去了苏格兰，慢慢地远离了人们的视线。虽然克洛蒂一生都没有见到索杰纳·特鲁斯，但是她还是见到了弗雷德里克·道格拉斯，他们

---

① 一种西非原始宗教。

之间一直保持着联络，直到 1895 年弗雷德里克去世。

　　克洛蒂于 1875 年回到弗吉尼亚，参加了弗吉尼亚有色人种妇女协会，投身于教育事业。她教育那些曾经的黑奴关于女性的选举权，平等权利，以及无论肤色、信仰，还是国籍，所有人都应享有同等的对待。

　　在克洛蒂的日记里，艾佛里小姐发现了另外两个有趣的东西可以帮助我们了解克洛蒂的故事。其中一样是一张威廉·门罗·亨利博士的照片和他写的信件。威廉已经成为奥柏林学院的一位哲学系教授。他并没有受到他那个偏执的父亲的影响。"因为汉姆斯先生，我发现，教育对于废奴运动的作用远大于任何法律的作用。"威廉在 1891 年写给克洛蒂的一封信中提到。

　　还有一张照片里，有一对非常漂亮的夫妇。他们身边围绕着一个大家庭。照片的背后写着：

　　致：我们深爱的妹妹一样的朋友，克洛蒂
　　来自：辛斯和罗斯·亨利及全家的问候
　　结婚五十周年纪念日

1910 年，肯塔基州路易斯维尔

照片中，史贝西手里拿着一本《圣经》，辛斯的一个膝盖上盖着一条叠好的被子。在肯塔基州当地的报纸上，也曾刊登过这张照片，内容是褒奖辛斯曾经是当地最好的赛马训练师。

克洛蒂一生未婚，也没有子女。但是，当她于1941 年 5 月 6 日去世时，她的成百上千个学生都来参加了她的葬礼。作为一个老师，她对他们十分严格。作为一个行动者，她给予他们最大的鼓舞。作为一个朋友，她鼓励引导他们。克洛蒂·亨利的一生，作为墓志铭，刻在了她的墓碑上：

自由不仅仅是一个词

1859 年的美国

历史背景

第一批非洲移民是以契约工的形式，于 1619 年被带到美国的弗吉尼亚殖民地的。黑奴制度在十九世纪五十年代在美国扎根。但是对于奴隶制度的反对和抵制，是由来已久的。

弗吉尼亚的立法者，大多都是有钱的农场主，他们抢先通过法案，将他们作为奴隶主的权利保留下来，并且阻碍黑奴的逃脱，通过镇压暴动来保护自己的利益。这些法律被称为《奴隶法令》或者《黑人法令》。根据现有的资料，弗吉尼亚和邻近一些州的奴隶法令里都有上百条条款。比如，其中一条就陈述："母亲是否是黑奴决定了她的孩子是黑奴还是自由的。"其他还有类似禁止跨种族间婚姻，禁止对黑奴提供教育的条例。黑人不能举行公众集会，也不能在法院指控白人。任何黑奴，只要怀疑他有逃跑意向，都会被严惩。

对奴隶制度的反对，也有很多形式。一开始，来自黑奴自己。他们通常会故意放慢工作速度，纵火，谋杀，自杀，以及暴力叛乱来争取他们的自由。只要有机会，他们就会逃。事实上，黑奴逃跑的问题是奴隶主一直都面临的。1642年年初，弗吉尼亚就推行了一个逃犯令，严惩那些帮助黑奴逃脱的人。

在《美利坚合众国宪法》中，也有关于逃亡奴隶的条款。只要黑奴逃脱到了自由州，他们就能得到自由。但是在1850年修改《逃亡奴隶法案》的过程中，政府允许奴隶主进入自由州重新捉回他们的"财产"。

1854年，一个叫安东尼·彭斯的黑奴在逃脱后，被逮捕关押在马萨诸塞州波士顿的监狱。但是波士顿当地群众前去攻击联邦法院并尝试营救他。最后，彭斯被带回给他的主人。不过最后，他还是被放走了。彭斯的案子，以及其他和彭斯类似的个案，将奴隶制度的争议推向了最高点。

早在1688年年初，一群来自宾夕法尼亚的贵格派教徒就签署过《日耳曼敦门诺派教徒反对奴隶制宣言》。这是美国北方殖民地区第一份反对奴隶制度的书面文件，也标志着废奴运动正式拉开了序幕。从那以后，黑人和白人，男人和女人，南方人和北方人，团结起来参与到废除奴隶制的运动中。这其中，最大也最有成效的一个组织是1833年成立于费城的美国反奴隶制协会。纽约、费城和波士顿是当时运动的中心，但是反奴隶制的团体却遍布全国各地。

　　威廉·劳埃德·加里森和弗雷德里克·道格拉斯举行了许多演讲，大声抵制奴隶制度。许多像哈丽叶特·比切·斯托和索杰纳·特鲁斯的妇女，也通过她们的文学创作对废奴运动起了很大的影响。纽约是北方最后一个废除奴隶制的地方，当时特鲁斯也是纽约一个黑奴。斯托写的小说《汤姆叔叔的小屋》刚出版不到一个星期就销售一空，大家都被她对于这位黑奴一生的描述深深地吸引和感动。很多南方种植园主争辩说这只是一个虚构的故事，但是很多人还是把它作为一个真实的故事来阅读的。

　　为了帮助逃跑者能成功通过这条又长又危险的逃

跑之路（通常是到达加拿大，最后获得自由），废奴主义者自发组织了一个网络。在这个网络里，人们扮演着"地下铁路""调度员"的角色。它不是真的在地下，也不是真的铁路，而是一条带领黑奴走向自由的道路。许多善良、体面的人，比如农民、老师、主妇、工人、大学院长，甚至儿童，都自发地参与到这一个危险的行动中，哪怕他们会面临很高的罚款和被关监狱的风险。有一些调度员被抓并被关进监狱，但是还是不能阻止人们逃脱奴隶主的专制，或者阻止人们去帮助这些逃脱者。

"地下铁路"里最有名的一位调度员叫哈利特·塔布曼，她是一个逃脱出来黑奴。哪怕当时有人出很高的悬赏要拿下她的性命，她依旧继续做调度，带领成百上千个逃脱者前往加拿大，从而获得自由。

奴隶主将目光瞄准了肥沃的西部。他们想要将奴隶制跨过密西西比河，扩张到西部。但是废奴主义者决心一定要阻止他们。德雷德·史考特，一个来自密苏里州的黑奴，为了赢得自由而起诉自己的主人，因为他已经在自由的地区生活过一段时间了。美国最高法院于 1857 年给予裁定，认为黑奴没有权利为获得自由起诉自己的主人，因为他只是主人的"财产"。法院同时补充道："白人无需尊重黑人的任何权利。"这个决议对于所有反对奴隶制度的力量来说无疑是很重的打击，因为它剥夺了所有黑人的公民权，无论他们是否自由。这样一来，没有一个黑人可以参与投票，担任公职，为自己某项发明申请专利，担任陪审员，或者在任何一个法庭上指证某一个白人。非洲裔美国人并不被认作为公民。

当时，绝大多数的废奴主义者希望用一种和平的方式结束奴隶制度，但是有一些已经开始意识到，不使用武力斗争是无法终结奴隶制度的。亨利·海兰德·加尼特是一个直言不讳的黑人领袖，他不止一次地呼吁用武力来抵抗奴隶制度。直到很久以后，才开始有人同意他的观点。另外一个人也坚信只有靠手中的利剑方可赢得最终的自由——这个人就是约翰·布朗。

约翰·布朗于 1859 年 10 月带领五个黑人和十三个白人发起了针对位于弗吉尼亚州哈珀斯费里（西弗

吉尼亚州东北部城镇）的联邦兵工厂的一次突袭。布朗计划组织一支由黑奴逃亡者组成的军队，这样他们可以为自己的自由而作战。他们的成功将会激励更多的黑奴拿起枪杆。罗伯特·李上校率领联邦部队进行了反击。布朗部队里绝大多数的人都在这场战役中被杀。最后只有一个人逃脱出来。约翰·布朗和其他几个人被抓并且被判绞刑。在他死之前，布朗警告南方必须结束奴隶制，不然会受到上帝的惩罚。

在那些反对奴隶制度的同情者看来，布朗是一个英雄，一位殉道者。他们写了许多歌来传颂他，孩子们在学校里缅怀他。而在那些南方的奴隶主看来，布朗是不折不扣的疯子，废奴主义者的典型代表。

一直到 1859 年，南方人还很自信他们的生活方式会这样一直保持下去。但是改变是在所难免的。1854 年一个新的政党——共和党成立了。在不到五年的时间里，他们赢得了国会里不可小觑的席位。来自伊利诺伊州的亚伯拉罕·林肯被提名参加 1860 年的大选。当时，他很有希望赢得总统席位。他的立场比较中立，并不是很激进。他支持国会在美国西部终止奴隶制度，并且逐步将奴隶制度彻底废除。一些废奴主义者认为林肯的立场并不够坚定。有一些领导者，特别是在弗吉尼亚地区的废奴主义领导者意识到，废除这里的奴隶制度指日可待，而所谓的逐步废除奴隶制度的方案似乎也合情合理。遗憾的是这些人还是少数。南卡罗莱纳州宣布，一旦林肯赢得大选，他们将退出联邦合众国。

同时，当时的政治姿态对于救助这些生活在整个南方种植园里的四百万个黑奴的生活并没有太大帮助。许多人的生活条件依旧不容乐观。但是，他们还是没有放弃希望。这些也都体现在了他们写下并传颂的歌曲中：

慢慢地摇晃，我亲爱的马车

请来这里带我回家

一大队天使在我的身后

请来这里带我回家

其实这些歌曲都暗藏深意。"家"代表自由;"马车"意思是一些交通工具,他们希望可以借此带着他们获得自由;"一大队天使"指的是废奴主义者。黑奴们传唱这些歌往往有着各自的理由,但是许多时候,被误解成快乐和满足的表现。

许多黑奴的生活状况,取决于他们主人的性格。种植园的主人将他们看作自己的私有财产,对于他们的各类事项也有最高决定权。他们决定了黑奴们的婚姻、孩子,所有的一切都在主人的授权下才能进行。在法律允许的情况下,种植园主可以对他们的奴隶为所欲为(绝大多数情况下,法律是站在奴隶主这一边的)。

许多种植园的女主人,都比她们的丈夫要年轻得多,有时甚至比她们的丈夫年轻二十多岁。许多女孩嫁到种植园的时候只有十四岁,她们一嫁过来就要立刻生孩子。但是,生完孩子之后,通常是由黑奴妇女来照顾并且哺乳这些婴儿的。

主人的孩子在种植园里面长大,有的时候他们会和黑奴孩子们一起玩耍。有些黑奴小孩和他们拥有一样的父亲，是他们的半个兄弟，或者半个姐妹。孤独感驱使这些女主人选择一个黑人妇女作为知己或者密友。但是这种情况下，这样的关系很难发展成真正的朋友关系。每个人的情况都不一样，因所牵涉的人的不同而不同。

在 1859 年，绝大多数的奴隶主，最多拥有不超过二十五到三十个奴隶负责田地里的劳作，以及四五个奴隶负责房子里家庭成员的生活所需。在田地里工作的奴隶生活充斥着没完没了的辛劳和苦难。死亡如影随形。他们从早做到晚，因为害怕主人的暴行而不停地工作。他们的伙食非常差，健康状况也很糟糕。人们很早就衰老，通常很年轻就死了。年幼的小孩死亡率很高，而年纪大的一旦没了工作能力就会被赶出去自生自灭。奴隶们住的木棚又小又挤又脏，一个二十平方英尺的木屋里能住上十个人。

那些在"大房子"帮忙的用人相对会好一些，但是他们在其他方面的待遇却更差。当时的老房子都非常大，也没有我们现代所拥有的便利设施。在大房子里的工作也是无休止的。用人们要做所有的家务，包括洗衣服、熨烫衣物、烧饭、端茶送水、打扫房间、照顾小孩，甚至还有扇扇子。在大屋子里面的奴隶一般是一天二十四小时随时待命的。

即便奴隶主想方设法要使自己的奴隶变得非常无知，有很多奴隶还是利用各种机会学会了阅读和写字。之后，他们又转而教给其他人。秘密老师成立了"地洞学校"——他们有时候是伪装起来的废奴主义者、已经自由的黑人，或者黑奴同伴。他们在地上挖掘一个足够两到四人待的大洞，在上面放置一个盖子，再铺上灌木作为掩护。他们躲在地洞里面上课学习，以尽可能地降低被抓住的风险。

被发现仍然是常有的事。通常那些识字的黑奴会被卖到更远的南方，因为在那里，逃跑根本是不可能的。加布里埃·普罗瑟和纳特·特纳就是识字的黑人，他们分别领导了在里士满和弗吉尼亚州南安普敦的叛乱。一些奴隶主知道在一些种植园，有很大数目的黑奴会参与到这些叛乱中，于是他们想尽一切办法把这些叛乱扼杀在萌芽阶段。他们用各种办法，威逼利诱黑奴，让他们背叛自己的同伴，指认任何嫌疑者。许多情况下，这些告发者也难逃最终被卖掉的命运。

发行《北方星报》的弗雷德里克·道格拉斯曾经在自传中写道："只要一个人会读会写，那么他很快就会挣脱奴隶的命运。"

曾经是纽约一名黑奴的索杰纳·特鲁斯说："奴隶制度必须瓦解。不管你如何狡辩自己是对的，上帝依旧不会站在你那一边。"

哈丽特·塔布曼说："如果不能自由地活着，那么我宁愿去死。"

受到这些人和其他为自由而战的人的精神鼓舞，越来越多的奴隶开始站起来，敢于违抗自己的主人。

在1859年，人们可能还不知道，自己的国家正面临着战争的威胁，而将有成千上万的人为这场战争付出生命。来自弗吉尼亚的老埃德蒙·拉芬在萨姆特堡打响的第一枪将这场斗争推向了高潮。几个月以后，亚伯拉罕·林肯当选美国总统。这场战争历时五年，于1865年结束。双方均损失惨重。但是，生活在美国的这四百万奴隶，和逃亡加拿大的二十五万奴隶的命运，从此发生了永久的改变。

最后，他们获得了自由。

关于作者

备受赞誉的作者帕特丽夏·C.麦基萨克说:"我写下《自由的画面》是受到了小时候常听到关于我曾曾曾祖母利兹·帕斯莫尔的故事的鼓舞。她以前是亚拉巴马州巴伯衫郡的黑奴。虽然当时的法律并不允许,但是她还是学会了写字和读书。在美国内战结束后,她开始在靠近克莱顿的家中教孩子们读书。很遗憾,这是我知道和这位了不起的女士有关的所有事情了,但是这还是给予了我灵感和基础来构造克洛蒂的故事。"

虽然这是麦基萨克写的第一本长篇虚构小说,但是在这之前,她已经出版了超过六本儿童读物,其中包括《弗洛西和狐狸》,以及获得凯迪克大奖的《米兰达和哥哥威德》和获得纽伯瑞儿童文学奖的《黑暗三十:关于超自然的南方童话》。她还与自己的丈夫弗雷德一起合作编著了许多纪实书籍,包括赢得科丽塔·斯科特·金大奖的作品《索杰纳·特鲁斯:我难道也是一个女人?》以及《大房子的圣诞节》《木屋的圣诞节》。同时，她还与自己的儿子小弗雷德合作编著了《黑钻石：黑人棒球联盟的故事》，这也是科丽塔·斯科特·金大奖获奖书籍。同时，她与丈夫和儿子一起编著了《克隆代码》系列。

为了给《大房子的圣诞节》做研究，麦基萨克亲自走访了在弗吉尼亚州泰德沃特的六个种植园。"当我开始构思克洛蒂的故事时，一切都那么自然而然，因为这些故事在我的脑海中是那么鲜活，我们有太多素材可以写进书中了。"

麦基萨克说，她以前的教书经历帮助她尝试理解克洛蒂在初学读书和写字时会使用的文字。"但是寻找克洛蒂的声音却很难。但是一旦找到了她的声音，那么整个故事就变得非常流畅，因为克洛蒂自己在告诉我她的故事。"

麦基萨克和丈夫住在密苏里州的切斯特菲尔德，是圣路易斯的郊区。他们有时候会去旅行做研究，不做研究时，也会去休闲旅行。

　　黑奴居住的小屋可以小到只有12英尺×12英尺，或者12英尺×16英尺大。屋子是由木头搭建的，地板很脏，也没有窗玻璃。有时，会有十到十二个黑奴挤在一个小屋里生活

　　在田地里面劳作是非常辛苦的。但是黑奴们往往没有足够的食物来填饱肚子，为一整天辛苦的劳作补充能量

一个五代同堂的黑奴家庭，住在卡罗莱纳州的种植园

种植园主人通常会将奴隶的孩子从他们的母亲身边带走。他们完全不顾及黑奴对于家庭关系的感受。上图诠释了将孩子与母亲分开的场景

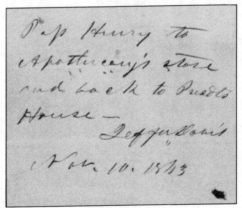

如果黑奴离开了自己所属种植园的领地范围，就必须随身携带一张特别通行证，如上图杰斐逊·戴维斯所写的这张通行证。如果没有通行证，那么黑奴将被视作逃跑而会受到残酷的鞭打

RAFFLE

Mr. Joseph Jennings respectfully informs his friends and the public that, at the request of many acquaintances, he has been induced to purchase from Mr. Osborne, of Missouri, the celebrated

DARK BAY HORSE, "STAR,"

Aged five years, square trotter and warranted sound; with a new light Trotting Buggy and Harness; also, the dark, stout

MULATTO GIRL, "SARAH,"

Aged about twenty years, general house servant, valued at *nine hundred dollars*, and guaranteed, and

Will be Raffled for

At 4 o'clock P. M., February first, at the selection hotel of the subscribers. The above is as represented, and those persons who may wish to engage in the usual practice of raffling, will, I assure them, be perfectly satisfied with their destiny in this affair.

The whole is valued at its just worth, fifteen hundred dollars; fifteen hundred

CHANCES AT ONE DOLLAR EACH.

The Raffle will be conducted by gentlemen selected by the interested subscribers present. Five nights will be allowed to complete the Raffle. BOTH OF THE ABOVE DESCRIBED CAN BE SEEN AT MY STORE, No. 78 Common St., second door from Camp, at from 9 o'clock A. M. to 2 P. M.

Highest throw to take the first choice; the lowest throw the remaining prize, and the fortunate winners will pay twenty dollars each for the refreshments furnished on the occasion.

N. B. No chances recognized unless paid for previous to the commencement.

JOSEPH JENNINGS.

　　黑奴的买卖，和动物买卖一样，被视为普通的交易。上图这张海报宣布了两个买卖的价格，一匹马和一个黑奴

$200 Reward.

RANAWAY from the subscriber, on the night of Thursday, the 30th of Sepember,

FIVE NEGRO SLAVES,

To-wit: one Negro man, his wife, and three children.

The man is a black negro, full height, very erect, his face a little thin. He is about forty years of age, and calls himself *Washington Reed*, and is known by the name of Washington. He is probably well dressed, possibly takes with him an ivory headed cane, and is of good address. Several of his teeth are gone.

Mary, his wife, is about thirty years of age, a bright mulatto woman, and quite stout and strong.

The oldest of the children is a boy, of the name of FIELDING, twelve years of age, a dark mulatto, with heavy eyelids. He probably wore a new cloth cap.

MATILDA, the second child, is a girl, six years of age, rather a dark mulatto, but a bright and smart looking child.

MALGOLM, the youngest, is a boy, four years old, a lighter mulatto than the last, and about equally as bright. He probably also wore a cloth cap. If examined, he will be found to have a swelling at the navel.

Washington and Mary have lived at or near St. Louis, with the subscriber, for about 15 years.

It is supposed that they are making their way to Chicago, and that a white man accompanies them, that they will travel chiefly at night, and most probably in a covered wagon.

A reward of $150 will be paid for their apprehension, so that I can get them, if taken within one hundred miles of St. Louis, and $200 if taken beyond that, and secured so that I can get them, and other reasonable additional charges, if delivered to the subscriber, or to THOMAS ALLEN, Esq., at St. Louis, Mo. The above negroes, for the last few years, have been in possession of Thomas Allen, Esq., of St. Louis.

WM. RUSSELL.

ST. LOUIS, Oct 1, 1847.

悬赏追捕并带回逃跑者的海报非常普遍

哈丽叶特·比切·斯托于 1852 年所著的《汤姆叔叔的小屋》认为奴隶制度是一个"非常残忍不公平的体系"。到 1856 年为止，这本书售出超过二百万册，是当时销售量仅次于《圣经》的读物。林肯总统会见哈丽叶特·比切·斯托时说："你就是那个引起了那么大一场战争的柔弱女子。"

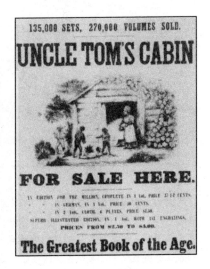

135,000 SETS, 270,000 VOLUMES SOLD.

UNCLE TOM'S CABIN

FOR SALE HERE.

AN EDITION FOR THE MILLION, COMPLETE IN 1 Vol. PRICE 37 1-2 CENTS.

IN GERMAN, IN 1 Vol. PRICE 50 CENTS.

IN 2 Vols., CLOTH, 6 PLATES, PRICE $1.50.

SUPERB ILLUSTRATED EDITION, IN 1 Vol. WITH 153 ENGRAVINGS,

PRICES FROM $2.50 TO $5.00.

The Greatest Book of the Age.

查尔斯·韦伯作于十九世纪的著名画作《地下铁路》，描述了逃亡者抵达利维·考汾在印第安纳的农场，这是当时地下铁路的重要枢纽站

这是当时"地下铁路"组织的一个通行证，上面写着："亲爱的收信人，请帮助掩护这位姐妹远离为奴之家直到今天下午五点，之后，她会被送走，去到自由的国度。你真挚的，弗雷德·K。"弗雷德·K就是弗雷德里克·道格拉斯，著名的逃脱者。在逃离后，他成为一名著名的演说家，并且创办了废奴主义的报纸《北极星报》

　　哈丽特·塔布曼是"地下铁路"著名的调度员。她也是来自马里兰州的一个逃跑者。她往返南北共二十多次，一共解救了超过三百个黑奴

　　一个自由的黑奴，索杰纳·特鲁斯是废奴主义者中最有名的一位活动家。她一直致力于为黑人和妇女的权利而斗争。虽然她并不识字，但却可以引用《圣经》上的话，她也是一个很有影响力和感染力的传道士

Go Down, Moses

《去吧，摩西》的词曲。当时奴隶主相信，宗教是可以抚慰奴隶的最好方法。但是《圣经》中的故事却是他们追求自由的力量来源和精神鼓舞。在这首传统的黑人灵歌中，黑奴们认为犹太人在埃及时也和他们一样受到法老的虐待和暴行。哈利特·塔布曼是他们眼中的摩西，带着他们逃离"埃及"

红薯饼

2 个菜园里的红薯

2 勺糖（与大房子的厨子交易）

如果没有，就用 1 杯糖浆或蜂蜜。

1/4 磅黄油——从奶油搅拌器里面刮刮

2 茶匙香草

2 茶匙肉桂

1/2 茶匙肉豆蔻

如果找不到香料，就用一大汤匙的朗姆酒。

1/2 杯牛奶，如果你认识的人去挤了牛奶。

4 颗鸡蛋。派小孩去干草里面找鸡蛋。

将煮熟的红薯剥皮，掺上黄油、糖和香料捣成糊状。在另一个碗里将鸡蛋和牛奶搅拌，慢慢倒入红薯糊里面。继续搅拌，直到变成细腻的奶油色糊糊。

将糊糊倒入馅饼皮，加热直到变硬。如果拿刀子朝馅饼中间戳一刀，没有粘上糊糊的话，红薯馅饼就做好了，冷一冷就可以上桌了。

这个食谱是根据奴隶叙述和种植日志得来的

当代美国地图，大致标出了贝尔蒙特所在的位置，靠近弗吉尼亚州里士满

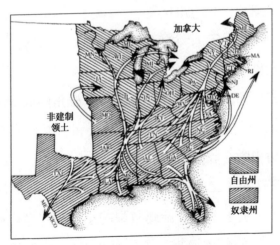

这张地图显示了当时地下铁路的逃跑路线，以及哪几个是自由州，哪几个是奴隶州

图片致谢

非常感谢下述个人和公司，允许我们使用图片或文字：

253 页（上）：黑奴小屋，国会图书馆

253 页（下）：捡拾棉花的人，同上

254 页：黑奴的一家，朔姆堡中心／艺术档案馆，纽约州纽约

255 页（上）：黑奴母亲被迫和她的儿子分离，卡尔弗图片，纽约州长岛

255 页（下）：访问通行证，联邦博物馆，弗吉尼亚州里士满

256 页：出售马和黑白混血女儿萨拉的海报，PR031，贝拉·兰道尔商业广告公司，源代码 43431，纽约历史学会收藏，纽约州纽约

257 页（上）：悬赏令，国会图书馆

257 页（下）：《汤姆叔叔的小屋》，"当代最伟大的作品"的广告海报，源代码 38219，纽约历史学会收藏，纽约州纽约

258 页（上）："地下铁路"作者查尔斯·韦伯，辛辛那提市艺术博物馆，俄亥俄州辛辛那提

258 页（下）："地下铁路"的通行证，珍贵书籍和特别版本收藏，罗契斯特大学图书馆，纽约州罗契斯特

259 页：哈利特·塔布曼，国会图书馆

260 页：索杰纳·特鲁斯，国会图书馆

261 页：《去吧，摩西》的词曲，来自《美国内战时期的歌曲》，多佛出版社，纽约州米尼奥拉

262 页：食谱，作者根据黑奴口述和种植园日记编写

263 页（上）：地图，吉姆·麦克马洪

263 页（下）：地图，希瑟·桑德斯